影像青少版

世 界 新 经 典 动 物 小 说 馆

玛 汀 的 非 洲 奇 幻 之 旅 1

白色长颈鹿

The White Giraffe

[英]劳伦娟 著　　蒋斐然 译

浙江摄影出版社

目录

CONTENTS

1. 家破人亡

人们总说"事必成三"，但在玛汀看来，一切都取决于你从什么时候开始数，又在什么时候停下来。你可以说一件坏事后面总跟着三件好事，但这一件坏事可能正是全世界最糟糕的事情，另外的事又太过微不足道而令人视而不见。又或者有件事你一开始觉得倒霉透顶，后来却成了塞翁失马、人人艳羡的好事。但无论你怎么数，确定无疑的是：在玛汀·艾伦年满十一岁的那个夜晚，她的人生绝对、完全而彻底地改变了，再也回不去了。

那是一个跨年夜，玛汀正在睡梦中。她梦见了一个从没去过的地方，她那么确定，因为那地方美得令她无法忘怀。眼前都是长满异域鲜花和树木的片片草地。更远处，有一座直插青天的大山，花岗岩的峭壁和郁郁葱葱的森林让这座山显得雄伟而威严。孩子们嬉笑着在暗粉色的花丛间追逐飞蛾，远处传来阵阵鼓声和鼎沸的人声。玛汀毫无缘由地感到忧虑不安，恐惧刺痛着她的皮肤。

突然间，天空乌云滚滚，闪现出一道湍急的紫光。一块厚桌布般的青灰色云团迅疾地冲下大山。几秒钟内，天色暗了下来。这时，一个孩子大叫道："嘿，看我发现了什么？"

那是一只断翅的大雁。可是那群孩子中的一些人非但没有伸出援手，反而开始折磨它。从来不忍心目睹任何生灵受伤的玛汀试图制止他们，但在梦里，那群孩子反身攻击她。接下来她便失去了意识。当她醒来时发现自己正在地上哭泣，怀里躺着那只受伤的大雁。

然后，奇怪的事情发生了。她抱着大雁的两只手越来越烫，直至烫到几乎发起光来，一股电流瞬间穿过她的全身。在一团盘旋的烟雾中，她看到了戴着角羚面具的黑人和喷火的犀牛，听到了像时间一样苍老的声音。她知道他们想与她交谈，却听不清他们说的话。忽然，怀中的鸟儿躁动起来。玛汀松开她的手掌，鸟儿振振翅膀，飞进了紫色的天空。

梦中，玛汀抬头笑了，其他孩子却没有对她报以微笑。他们用一种交织着惊恐与怀疑的眼神盯着她。"女巫！"他们一声声地叫着，"女巫！女巫！女巫！"并开始追着她跑。玛汀抽噎着往山上逃去，跑进一片幽暗的森林。她的两条腿像灌了铅一样，钩状的荆棘刺进她的脚踝，她在云中迷失了方向，四周变得越来越热。这时，一只手抓住了她，她止不住地尖叫起来。

最后，玛汀被自己的尖叫声惊醒，从床上惊坐而起。四周黑得伸手不见五指，她花了好一会儿才意识到刚才是在睡梦中，什么都没有发生。没有大山，也没有鸟儿，她正安全地待在英格兰汉普郡自己家的床上，她的父母则在走廊另一头的房间内熟睡。玛汀一头扎回枕头里，一颗心怦怦直跳。她感到有点晕眩，而且非常非常热。

热？怎么可能会热呢？这可是隆冬啊。玛汀猛地睁开双眼，事情有些不对劲。她胡乱地摸索着床头灯，可不知为何床头灯不会亮了。她坐了起来，发现卧室的门缝底下闪烁着一道橙色的光，一缕缕灰烟争先恐后地钻进来。

"火！"玛汀叫喊着，"着火啦！"

她飞跳下床，一只脚却被毯子绊倒在了地上，惊慌的泪水夺眶而出。她胡乱地抹掉眼泪对自己说，如果我不能冷静下来，就永远无法活着出去。门的一角已经发红熔化，迅速脱落，一股浓烟随即倾泻而入，玛汀剧烈地咳嗽起来。她伸手去抓地板上的运动衫，那

是她昨晚换睡衣时随手丢在那儿的。一下子就找到衣服的时候，她几乎要感激地欢呼起来。她将衣服围裹在脸上，爬起身，用力抬起窗门，探出身去，发现黑夜里没有半点星光。她该怎么办呢？跳下去吗？

玛汀恐惧地呆立着，如临深渊，楼下地面上的大雪在黑暗中闪着嘲笑般的光芒。而她身后，整间屋子都是呛人的浓烟，烈火像工厂里的熔炉一般叫嚣着。房间里酷热难耐，她简直觉得背上的睡衣都要被熔化了，这扇窗户是唯一的出路。她抬腿跨出窗台，翻身而出，抓住了一丛常春藤，但它们跟湿滑的莴苣一样从她手里溜走了。玛汀摇摇欲坠，她又试了一次。这一次她拂去了厚厚的积雪，去摸索藤蔓后面有没有管子或者裂缝，或任何一样可以让她抓住的东西。然而，什么都没有！

玛汀急得泪如泉涌，灾难就在眼前。她跳回房间，将床单都拉下来结在一起，并将一端系在离窗户最近的床脚上。已经没有时间去测试它了，她只能祈祷它是牢固结实的。她鼓足勇气爬出了窗户，双手紧抓住这条床单。她很清楚这条床单无法够到地面，但至少可以让她离地面更近一点。

当她的双手在怒号的北风中僵硬得跟炸鱼条似的、终于失去力量时，她从高空中坠入雪里。玛汀挣扎着起身，打着寒战，一瘸一拐地沿着房子的侧边绕向前门。她浑身湿透了，一只手腕还在发疼，但当她绕过转角以后，眼前骇人的场面令她忘记了一切。她的家已经变成了熊熊炼狱。火舌从每一个窗口中伸出来，滚滚浓烟翻腾着冲向夜空。草地上已经站满了人，沿街的门窗也都打开了。越来越多的人跑出来，加入围观的人群。警报声鸣响着，为消防队开辟出一条快速通道。

"妈妈！爸爸！"玛汀大声呼唤着。她绕过侧墙，跑向房子的正门。

　　一张张惊讶的脸孔转向她，众人纷纷倒吸了一口气。她家隔壁那位年长的邻居在看到玛汀冲过草坪时张大了嘴巴，惊讶得说不出话来。住在街道更远处的莫里森夫妇也被吓得驻足不前。而莫里森先生，这位魁梧的前英式橄榄球员，在最后一刻启动了他的运动员模式，在玛汀飞也似的经过时一把抓住了她。

　　"放开我！"玛汀哭道，尽管说话时她也知道为时已晚。这时房子轰然倒下，变成了一堆废墟。几分钟之内，大火吞没了一切。消防队的确是赶到了，但他们所能做的也仅仅是把火扑灭。

　　莫里森太太用双臂紧紧地抱住玛汀。"我很难过，亲爱的，"她叹道，"我很难过。"其他人也纷纷上前安慰玛汀，莫里森先生则把他的外套披在玛汀的睡衣外面。

　　泪眼蒙眬中，玛汀看到仍在发光的余烬和消防员喷出的泡沫在

暗淡的夜色中像红宝石和钻石一样闪烁着。就在几个小时以前，她还在和父母一起享受着生日晚宴。他们做了好多满是杏仁、香蕉和热巧克力的煎饼，卷成锥筒形，这样就方便拿在手里吃了。玛汀和妈妈还一起笑话爸爸。他一直说个不停，都没注意到热巧克力汁都从筒底漏到衬衫上了。只有一件事，玛汀现在回想起来就觉得古怪。

睡前他们曾一起走向卧房。玛汀的妈妈亲吻了她之后，先上了楼，而玛汀和爸爸一起上楼。当走到她的卧房外时，他像往常一样抱了抱她，祝她晚安，随后揉揉她的头发告诉她，他爱她。但是之后他说了一句奇怪的话："玛汀，你必须相信，每一件事情的发生都是有理由的。"

玛汀对着他笑了笑，心想爸爸妈妈是多么可爱啊，尽管有时会觉得他们有点不可理解。之后，她便进了自己的房间，没想到这竟然是爸爸对她说的最后一句话。

她也没有想到，从此再也见不到爸爸妈妈了。

2. 告别伦敦

社会服务部的格赖斯先生告诉玛汀，她将搬去非洲，确切地说，是开普敦，在南非。

"南非！"玛汀叫道，"为什么是南非？"

"嗯，"格赖斯先生说，"事实上，现在你唯一在世的亲人，就居住在南非的一个野生动物保护区里。据我了解，有一位叫格温·托马斯的太太，她是你的外祖母。"

玛汀惊呆了。"我没有外祖母。"她一字一句地说。

格赖斯先生皱了皱眉。他从口袋里取出眼镜戴上，重新查阅了他的文件。"不，我向你保证一切无误，我这儿有她的信呢。"

他将一张乳白色的信纸递给玛汀。

尊敬的格赖斯先生:

    感谢您对我女儿和女婿不幸离世的哀悼。我的女儿薇若妮卡·艾伦和她的丈夫大卫·艾伦，是这世上我所认识的最好的人。我之前并不知道我的女儿有过明确的嘱托：如果有任何意外发生，他们的女儿玛汀将由我来监护，但是我愿意承担这份责任。这是我唯一能做的了。我在信封里附上了一张飞往开普敦的机票和150英镑，用于支付这孩子的花销。我很少进城，所以如果您能确保她有足够的衣服以适应南非的天气，我将非常感激。

          您真挚的格温·托马斯

    这封信的话总有些地方困扰着玛汀。她的外祖母看上去对于将要收留她这件事丝毫没有热情。恰恰相反，从她的语气来看，她将玛汀视为负担。她甚至都不愿意为她买几件夏衣。她明确表达了对玛汀父母的喜爱，但这不代表她想和玛汀黏在一起。再说，她的外祖父呢？信中对他只字未提。

    玛汀将信件递还给格赖斯先生。"我不去。"她说，"她并不想要我。我宁可双目失明也不可能去和一个不欢迎我的人一起生活。"

    格赖斯先生惊愕地看着她。这真是一个费力的上午，而他有预感这事就要变得更难办了。他的上司是怎么回事，为何总是把难办的活儿交给他呢？

"但是托马斯太太是你的法定监护人。"他试着争辩。

"我不去，"玛汀固执地重复道，"你也不能逼我去。"

格赖斯先生将他的文件收成乱糟糟的一捆，其间还打翻了一杯水。"等我回来，"他对玛汀说，也不去管文件上晕染成水彩画的水渍和墨迹，"我得去打个电话。"

玛汀枯坐着，注视着格赖斯先生办公室里烟渍斑斑的墙纸，心生一股她不曾表露的恐惧。过去的几个星期，她是在一片混沌中度过的。火灾后噩梦般的头五天，她住在莫里森夫妇家，直到莫里森夫妇的儿子们从大学橄榄球巡回赛中回来。之后，她搬去她妈妈的一个朋友那里住，但那位朋友面对一个孩子的悲痛束手无策。最后，她被接到了罗斯老师家。罗斯老师是她的英语老师，在玛汀的去向未定以前，她将照顾玛汀。在玛汀面前，人们总是报以过分明媚、充满善意的微笑，满嘴说着有益的建议，但只要她一转身，就能听到人们说着"孤儿""孤零零地留在世上"这些字眼。

过度的晕眩和伤心使玛汀无心去理会这些。大部分时间她坐立不安，满脑子的幻灭感，仿佛她正坠入一口深不见底的井里。她吃不下，睡不着，也哭不出来。她反反复复地问自己，究竟为什么，为什么她获救了而她的父母却没有？这看起来太不公平了。消防员们称赞她的勇敢与正确决断。他们说，如果她当时开门试着去寻找父母，哪怕只是开条门缝，也早已被烈火吞没。但这很难不让人感到内疚。而现在又是什么状况呢？她真的要被遣送到南非的一个陌生人那里去吗？

就在这时，她认出了格赖斯先生办公桌上的一个乳白色信封。这信封看上去有点眼熟。她拾起来，研究起背面的地址。上面用蓝色的墨水笔字迹工整地写着：格温·托马斯，萨沃博纳野生动物保护区，东开普敦，南非。玛汀搜寻着她的记忆，这笔迹她曾经在哪儿见过。随即她便想起来了，从她记事以来，她曾看着母亲每个月都打开一封这样的信。她从不谈论这些信，但玛汀总能察觉每次读完信后母亲的一些变化。她似乎更常微笑，也更开怀了。而对玛汀来说，相比于无人理睬地茫然独坐于格赖斯先生落满灰尘的文书之间，更加令她不安的是母亲从未告诉过她这些信来自她的外祖母，甚至都没提过她有一个外祖母。为什么这件事会如此隐秘呢？

玛汀想了想信上的签名：格温·托马斯。听上去很严厉的名字。她难以想象这样一个人可能会是她的外祖母，更不用说她还可能得叫她"外祖母"，或者更糟糕的，唤她"阿婆"。不知为何，格温·托马斯，这一整个名字，困在她的脑海里。

格赖斯先生摇着头回到他的办公室。"我很抱歉你的选择是极度有限的，"他说，"我已设法为你在厄珀·布利克莱的儿童院找了一张床位——"

"无所谓了，"玛汀打断道，"反正我已经决定要去南非了。"

格赖斯先生如释重负地舒了一口气。"好的，"他说，"那就没问题了。"

一开始就很明显，玛汀身边的每一个人都比她自己对于她的未来要激动得多。"非洲的一个保护区啊，"罗斯老师敬畏地说，"想想看吧，玛汀，你的人生将会在狩猎中度过呢！"

莫里森太太则似乎坚信她会被老虎吃掉。"你得保持警惕。"她告诉玛汀，"但话说回来，这一切将会是一场多么棒的探险啊！"

玛汀不以为然地转了转眼珠子。莫里森太太是世上最好心的女人，但她对于动物世界无疑一窍不通。"非洲并没有老虎，"玛汀不得不一再提醒她，"除非是在动物园里。"

除此之外，玛汀自己对非洲也知之甚少。当她试着去想象非洲的样子时，脑海中浮现出来的也不过是广袤的黄色平原、伞状的树木、芒果、黑色的面孔和炙热的太阳。她也想知道野生动物是否真的在大街上游荡，她能不能收养一只当宠物。玛汀的妈妈对动物过敏，所以总是不许玛汀靠近它们。但她打小就渴望拥有一只自己的宠物，没准她能搞到一只猴子。

这时，她又想起了外祖母信中的语气，崩溃的感觉又袭上心头。格温·托马斯听上去并不像是那种会同意在她客厅里出现一个属于灵长类动物的人，前提还得是她有客厅。以玛汀的感觉，她的外祖母有可能居住在一间草棚里。

在学校，她的大部分同学似乎都忘记了距离她家被烧毁才过去仅仅三个星期，而她也是别无选择才要去往非洲的。"你太太太幸运了！"他们不住地对她说，"你将学会冲浪和许多了不起的本事。太酷了！"

听着他们说的话，玛汀心想，搬去非洲的一个好处就是她再也不用踏进博德利·布鲁克小学冷漠的校门了，她与这里格格不入。回想起来，她从来没有在任何地方与同龄孩子融洽相处过。但不知为何，只要她爸爸妈妈在身边就不要紧，因为他们是她最好的朋友。她的爸爸是个医生，每天要工作很长时间，但在夏天他会休假带她们去康沃尔度假。在那里，她的妈妈会画画写生，她和爸爸则去游泳或者钓鱼，他还会教她一些急救知识。在每一个周末，无论晴雨，他们总是拥有很多乐趣，就算只是做煎饼也很开心。而现在，一切都结束了，玛汀的心好像被扎了一个洞。

星期六的上午，也就是她预定飞往开普敦的前一天，罗斯老师带她去伦敦的牛津街购买夏天的衣服。一阵冰凉的雨下了起来，整条马路顿时拥挤了起来。行色匆匆的顾客与游客举着伞，都要戳到彼此的眼睛了，但什么也不能降低罗斯老师依然高涨的热情。

"你瞧这些可爱的短裤！"当她们在盖璞（GAP）商店附近挤出人群的时候，她对玛汀说，"多么漂亮的一顶棒球帽呀！哦，我觉得这件条纹红 T 恤简直就是为你量身打造的！"

玛汀也就随她去。说实话，她觉得自己病了。她的胃翻江倒海得像一口煮沸的大锅，而她一想到明天的事就口干舌燥。"你觉得好就行。"她不断地在罗斯老师向她展示各种衣服的选择时说，"嗯，这件不错。嗯，我确定这件没问题。"

最后她买了两条卡其布的短裤、一条牛仔裤、四件衬衫、一顶棒球帽和一双结实的驼色登山靴。她唯一一次被迫提出抗议是在罗斯小姐坚持要买一件印花连衣裙的时候。有着一头棕色短发和明亮绿眼睛的玛汀，从五岁开始就拒绝穿裙子了，而她现在也没有要开始穿裙子的想法。

"如果我没有适当的保护，会被蛇咬的。"她告诉罗斯老师。

"但是你穿短裤的话，不是也有同样的风险吗？"她的老师反对道。

"是的，"玛汀说，"但那不一样。你见过不穿短裤的探险家吗？"

傍晚回到汉普郡，罗斯老师为玛汀做了一顿饯别晚餐——烤鸡、脆皮土豆、豌豆、自制的约克郡布丁和洋葱肉汁。莫里森夫妇也过来了。莫里森太太把曾经属于一个叔叔的双筒望远镜送给了玛汀。

"它能帮助你发现大猫。"莫里森太太告诉玛汀。

玛汀非常感动，尤其感动的是莫里森太太还为她准备了一份便当，里面是一大块自制的巧克力蛋糕，供她途中享用。

"我祝你幸福快乐，亲爱的。"莫里森太太激动地说道，"记得你永远有个家在这儿，与莫里森先生和我一起。"

莫里森先生只是咕哝了一声表示同意，他是个沉默寡言的人。但是当他的妻子转向老师表达谢意时，他把手伸进外套的口袋，取出了一只木雕的盒子。"它能保你平安。"他用低沉的声音说道，并把它交给了玛汀。之后，他打开车门，发动了引擎。

"准备好了，亲爱的。"他呼唤着莫里森太太。"再见了，玛汀。"

等到那晚独自一人待在罗斯老师的客房里时，玛汀才打开了那个盒子。盒子里是一支粉红的玛格丽特手电筒、一把瑞士军刀和一套急救工具，她简直不敢相信自己的眼睛。她把所有的东西都摊在床上，并且花了好几分钟欣喜若狂地读了附带的生存手册。每个人的慷慨都令她十分感动。过了一会儿，她把礼物认真地重新包好，关了灯躺在床上。满月的光照进窗户，在房间里铺出一条银色的小路。

玛汀不由自主地兴奋起来，明天晚上她就会在飞机上了，飞往非洲去过她未来得及想象的新生活。不管未来是变好还是变坏，命运已关上了过去的大门。

3. 开普敦的阳光

玛汀的第一感觉就是热。热气从机场跑道上升腾而起，像是黏稠的银白色雾气。透过厚厚的水汽看去，地平线仿佛被重重的蓝天压弯了，所有的飞机都有着波浪形的边缘，犹如梦中。此刻的英格兰正值冰冷的冬夜，天气预报里播报着即将来临的狂风和暴雪。玛汀却热得感觉整个人都快烧起来了。瘦小、苍白、十一岁大的她，呆立着一动不动，望着其他乘客登上前往航站楼的黄色巴士。

"醒醒啊，亲爱的，你不想一个人被落下吧？"一个穿着"比拉邦"牌冲浪T恤的秃顶男人俯身对她说，"你的爸爸和妈妈在哪儿呢？他们在等你吗？"

玛汀真想放声大哭，好让机场里每个人都能听到：没错，事实上，我就是想被落下，我爸爸妈妈也没有在等我，他们永远都不可能等我了。

然而她只是支吾着说："我，我只是……我没……我……有人会来接我的。"

"你听起来不是很确定嘛。"

"哈里，你还在磨蹭什么？我真是受够你了。巴士马上就要开了，你要是五秒钟内还不过来，我也不等你了。"一个女人尖声叫道。

"我没事的，"玛汀对男子说，"谢谢你的关心。"

"真的？"他伸出一只潮湿的粉红色手掌，用力地拍了拍她的肩膀，"开心点，亲爱的。你可是在非洲了呢。"

开普敦机场咨询台的女工作人员一边用她紫色的指甲轻叩着柜台，敲出一串小鼓声，一边越过玛汀的脑袋瞥了一眼她身后正在聚集的队伍。她的名牌上写着"诺埃琳·亨肖，助理主管"。

"我的孩子，不是我不愿帮你，"她用浓浓的鼻音对玛汀说，"只是我还需要更多的细节。现在告诉我，你的外祖母长什么样子？"

玛汀试图在脑中拼凑出一个她从未谋面的外祖母的形象。"她有着一头灰发，"她犹豫地说道，"还有眼镜。我想她是戴着眼镜的。"

诺埃琳·亨肖叹了一口气："你上次见你外祖母是什么时候？"

"我只有一个地址。"玛汀承认。旅程中大部分时候，她都由一位名叫海利的空姐照顾着。这位个性活泼的空姐专门负责照顾无人陪伴的未成年人。但是当她们一降落在南非，海利就只是给她指了指机场巴士的方向，就愉快地跟她挥手告别了。

诺埃琳恼怒地甩了甩她那红褐色的头发，又看了一眼后面的队伍。"亲爱的，我觉得最好的办法是，你就坐在那儿，这样我也能看着你。如果你的外祖母没有过来安顿你的话，我会试着找人来帮助你。"

"好的，"玛汀犹疑地答应着，"谢谢你。"

她提起自己的行李箱和橄榄绿的帆布背包——罗斯老师送她的礼物——走回到入境大厅里，在一条"欢迎来到南非"的标语下坐了下来。长这么大，她从未觉得如此不受欢迎过。从降落开普敦到现在已经过去一个多小时了，仍然没有人来接她，玛汀快要哭出来了。她最担心的事成为现实了，她的外祖母根本不想要她，所以都懒得过来接她。她身上没有一分钱，也没有地方可以住，此刻该何去何从呢？她一点头绪都没有。

更糟的是，她快饿死了。现在是早上十点钟，从前一天晚上到现在，她所吃的就只是莫里森太太给的巧克力蛋糕。飞机上的食物简直没法下咽：炒蛋像水一样稀，卷面包像网球一样坚硬，而主餐闻起来像宠物粮。玛汀当时就下定决心，如果飞机上没有丰富的蛋糕或火腿三明治作为配餐供应的话，她就再也不坐飞机了。在她对面，一个满脸微笑的顾客刚刚离开"露西"果汁站，手里拿着一杯芒果奶昔和一块大松糕。玛汀羡慕得肚子咕咕直叫。

"玛汀小姐，你可能以为我们已经把你给忘了。"一个低沉的嗓音响起，像低音大鼓一般在他的胸腔里震颤。玛汀抬头，看见一个红褐色的巨人俯身压过头顶。他张开双臂，脸上露出全非洲最明朗的笑容。他闪闪发亮的一侧脸颊上有一道问号形状的疤，脖子上用皮绳缠着一颗牙齿。他戴着一顶系有斑马纹带子的宽边丛林帽，穿着不再光鲜的卡其色猎人装。

"玛汀小姐？"他问，随即一阵大笑。还没等玛汀回答，他就紧紧抓住玛汀的手，使劲地上下挥舞起来。"我叫腾达伊。"他说，"我非常非常高兴见到你，你外祖母跟我说过所有关于你的事情。她很抱歉不能到这里来接你。但是，哦，这是多么棒的一个早上啊！昨天深夜我们接到一个电话，说由于文书搞混了，原定周末运到的一船大象今早就会抵达，除了你外祖母和我之外没有人能在那里监管接收。你外祖母得待在那边，直到兽医完成对每头大象的检

查，我就主动请缨过来接你。可我忘了，一个丛林里来的人又怎么会知道高速公路呢！我几乎绕遍了整个开普敦！希望你能原谅我。我会尽快把你送到萨沃博纳的家里。"

玛汀面对这样热情的倾诉，一时不知如何作答，但她瞬间被这个随和的大个子男人暖化了。他身上散发着大自然的天性，犹如光环。

"很高兴认识你，腾达伊。"她说，随后又害羞地加了一句，"我当然原谅你了。"

这些话又引来一阵开怀的大笑。他拎起她的行李箱，夹在一只手臂底下，仿佛这箱子就跟一只母鸡一样轻。他带领着玛汀一路向外，走进阳光。

4. 巫医格蕾丝

腾达伊来自祖鲁部落，他祖鲁人的问候，一定会让玛汀在多年以后依然记得初到萨沃博纳的这段经历。他们乘着腾达伊那辆破旧的吉普车，沿着开普敦外的海岸公路行驶，经过了一连串奇异的海湾，蔚蓝的大海映衬着晴朗的天空。一些海滩保持着原生态，到处是飞舞的水花和绵延至海滨的树林；一些海滩上搭有彩虹色的沙滩小屋，冲浪的人们踏着明亮的板子乘风破浪；还有一些海滩是企鹅和海豹的栖息地。而高高雄视这些海滩的，是山上紫灰色的悬崖峭壁。这座平顶的大山，因其形状，得名"桌山"。

一个小时之后，他们到了内陆。玛汀吃惊极了，眼前的风光一下子从石楠丛生的植被变成了她总在照片里看到的非洲。灰白色的荆棘树上长满尖刺，参差不齐的灌木丛星星点点地分布在长长的黄草中，在夏日的骄阳下闪着光芒，仿佛是从地底下被照亮的。空荡荡的公路没有尽头。玛汀摇下车窗，一股来自丛林与动物的气味涌进吉普车里。

一路上腾达伊都在谈论着萨沃博纳。他是保护区里的工作人员。其实，萨沃博纳不仅仅是一个保护区，更是野生动物的避难所。腾达伊的职责是检查园区里每只动物的生长状况。在萨沃博纳，大约有四分之一的动物是出生在园区里的，其余都是从别处救下的。有一些动物来自闹干旱的地区、其他保护区或者倒闭的动物园，另一些是在受伤的情况下被带到萨沃博纳的，还有一些在狩猎中成为孤儿，或在猎杀中因病弱被淘汰而幸免于难。

"在过去二十年中，"腾达伊说，"我从未看到你的外祖父亨利·托马斯拒收过任何一只动物。一只都没有。"

这是玛汀第一次听人提起外祖父的存在，她竖起了耳朵。但腾达伊的下一句话使她完全懵了。

"我很抱歉，玛汀小姐，在你外祖父去世的那个夜晚，我没能陪在他身边照看他。"

玛汀本来就已经因为时差和饥饿晕乎乎了，而这个消息使她的脑子晕得更加厉害了。腾达伊显然并没有想到玛汀甚至都不知道自己有个外祖父，更不用说知道他已经死了。

她小心翼翼地问道："你可不可以告诉我发生了什么？"

腾达伊的双手紧紧握住方向盘。"好的，"他说，"我可以试试看。"

事实上，她的外祖父去世已有两年，但他的死因仍然笼罩在一片迷雾之中。警方的说法是：亨利撞见了一帮偷猎者，他们企图偷走一对长颈鹿，也有可能杀害它们作为战利品。出事那天正好是周末，腾达伊远在北方探亲。对于萨沃博纳而言，那是一个特别容易被偷袭的周末。一场争斗之后，亨利受了致命的伤，长颈鹿也奄奄一息。

"我住的村子里没有电话，"腾达伊说，"所以直到星期一回来，我才知道发生了这么恐怖的事情，那时已经太晚了。在夏季，祖鲁人会向雨神娘娘祈福，保佑雨水充沛以灌溉田地，但那个星期，她似乎太过于眷顾和赐福了。接连两天，暴风雨冲刷掉了所有的犯罪痕迹，警方和他们的车辆又到处开来开去。等到第三天我回来时，什么痕迹都没有了。

"一个偷猎者都没抓到。直到今天，也没有人知道亨利究竟是被蓄意谋杀还是在争斗中意外中弹身亡。最令人不解的是，那些偷猎者显然是为长颈鹿而来的，却又为何没有在逃跑时带走它呢？"

"警方有找到任何线索吗？"玛汀担忧地问。外祖父的事自然叫人难过，但更令她不安的是，在她即将要安家的地方竟然还有

罪犯在逃。

"嗤，这些狒狒！别担心啊，小家伙，总会留下蛛丝马迹的。也许得花上几年时间，但最终我们一定会找到凶手的。如果我们足够耐心的话，或许他们还会自己找上门来。"

说话间，这个祖鲁人的脸阴沉下来。他耸了耸身子，似乎想起了他和玛汀只是刚刚见面，可能说了太多不该说的。但很快他的脸上又浮起了他那标志性的微笑。"你的外祖父有着一颗勇士的心，"他告诉她，"他是最棒的猎区管理员，没有之一。"

玛汀为这个她从未了解的外祖父而感到一阵心痛。他听上去是个好人。新任的猎区管理员是一个叫亚历克斯·杜普里兹的年轻人。腾达伊说到这个名字时的语气，让玛汀能听出来杜普里兹先生并不是腾达伊喜欢的人。

他们路经一个村庄。村子里到处是茅草屋和散落分布的房子，院子里种着向日葵，堆放着玉米秸秆。一群非洲少年正在田野里踢足球。吉普车减速拐进了一条倒悬着香蕉树和棕榈树的车道。道路的尽头是一幢有着瓦楞状铁皮屋顶的浅绿色房子。一块油漆斑驳的可口可乐牌子靠在一面墙上。三只母鸡从前门慢悠悠地晃出来。

玛汀爬出吉普车。"这是我外祖母家吗？"她问，无法掩饰她的惊讶。她并不确定自己期待看到什么，但肯定不是眼前的样子。

"不，孩子，腾达伊只是把你带过来见我。"

玛汀转过身，看到了一个她迄今见过的世上最胖的女人，正穿过一片稀稀拉拉的草地一摇一摆地向她走来。她穿着一条传统的非洲连衣裙，颜色缤纷鲜亮至极，还搭配了一块香蕉黄、喀拉哈里红和青柠绿三色拼接的头巾。"我跟他说过你肯定饿了，"这个女人继续用她那黄油牛奶般温暖的嗓音说，"看起来我是对的。瞧瞧你啊，孩子，你都皮包骨头了！"

"玛汀小姐，见见我的姨妈格蕾丝小姐，"腾达伊说，语气中带着明显的骄傲，"世界上最棒的厨师。"

他们跟着格蕾丝走进了这幢小小的绿房子。玛汀突然想到她的外祖母可能并不知晓这一计划外的停留，但她饿得什么也顾不上了。格蕾丝厨房里飘来的香味简直神圣而难以抵挡。

在格蕾丝朴素而一尘不染的休息室里，她和腾达伊在手工打制的木椅上舒服地坐了下来。地上铺着编织的草垫，墙上挂着过期的日历，上面印着热带岛屿的风光。

短短几分钟，格蕾丝就从厨房里钻了出来，手里端着两只巨大的盘子。盘子里是用新鲜的农场鸡蛋、野蘑菇、一大堆香脆培根和红糖炒西红柿做成的煎蛋卷。玛汀仿佛几年没有吃过饭似的，心无旁骛地品尝着每一口食物的滋味。等她吃完了，她心悦诚服地表示同意腾达伊的评价：格蕾丝是这个世界上最棒的厨师。

她转向格蕾丝道谢，只见她正专注地看着她。

"这孩子看上去就跟薇若妮卡一样。"格蕾丝向着腾达伊评论道。

玛汀顿时像被烫着了一样跳起来。"你认识我妈妈？"她大叫。

"姨妈！"腾达伊大吼一声，急得跳脚，"我跟你说过，什么都不要说。"

"安静，孩子。"格蕾丝命令道，"萨沃博纳的秘密太多了。这孩子有权知道真相。"

"什么真相？"玛汀恳求道。

"玛汀小姐，"腾达伊说，"很抱歉，我们必须得走了。"

"可是……"

"请！"

玛汀看看格蕾丝，又看看腾达伊。她脑子里塞满了一堆显然不能问的问题。她极不情愿地跟着腾达伊出了门，走向吉普车。格蕾丝突然抓住她的手臂，"等等！"她嘘声说。她将她的手放在玛汀的前额上，玛汀感到一股电流穿过了身体，格蕾丝张大了双眼。

"你有天赋，孩子，"她轻声说，"就像祖先们所说的那样。"

"什么天赋？"玛汀轻声地回应。

但是格蕾丝只是摇了摇头。"你要小心。这种天赋可以是福佑也可以是诅咒，你要作出明智的决定。"

5. 萨沃博纳保护区

院子里，腾达伊发动了引擎，玛汀一爬上吉普车，他就一脚踩下了油门。他们在坑坑洼洼的石子车道上颠簸着，开上了大路。滚滚热浪如同海市蜃楼，在柏油路面上摇曳起伏。

腾达伊看上去很焦虑。"不好意思，玛汀，我不应该带你去那儿的。也许你能行行好，不跟你外祖母提起此事。"

玛汀几乎听

不到他在说什么。她的前额因为格蕾丝手掌的压力仍在刺痛，而她的思绪像疾驰的特快列车，向她的过去飞奔而去。她努力地想回忆起一些事情，什么事情都行，来解释刚刚发生的一切。

"但是格蕾丝说的关于我妈妈的话是什么意思？她也曾经在萨沃博纳生活过吗？"

"求求你了，"腾达伊恳求道，"那些事情你得去问你外祖母。"

车子向前开着，车里一阵沉默。继而他们右转开上了一条沙路，沿路布满了高高的铁丝网。入口处有一块拱形的黑色木牌，由两根白色的柱子支撑着，上面蚀刻着"萨沃博纳保护区"。

吉普车停了下来。腾达伊指着窗外说："你能看到水牛吗？"

玛汀很不情愿地将自己拉回到现实中。她眯起眼顺着阳光看去，可是什么也没看到。只有宽广无垠的树林、落满灰尘的灌木丛和荒草在铁蓝色的天空下兀自蔓延生长，地平线上浮起淡紫色的群山，一只黑鹰在头顶上方百无聊赖地盘旋。

"没有，"她叹了口气，"我看不到。"

"别穿过灌木丛看，"腾达伊指点她，"往灌木丛里面看。"

玛汀照着他说的看去。渐渐地，灌木丛不再是灌木丛了，变成了三十多只水牛，它们鼓满肌肉的黑色皮肤出现在眼前。她能辨认出它们隐匿在树丛间的弯曲的牛角和凶悍的面孔。

这时，她发现了一头公象。它站在一棵伞状的树下，弯弯的象牙和灰色的庞大身躯几乎完全被伪装起来。跟那些水牛一样，它看上去跟这片土地一样古老。但就算在三百码开外，它的杀伤力也是不言自明的。

玛汀敬畏地盯着它，她开始被离开机场以后排山倒海而来的所见所闻淹没了。"哇！"最后她说，"它好大，而且……站着一动不动。我只在电视上看过野生动物呢。这里还有别的吗？"

"还有十二头大象，"腾达伊自豪地朗声道，"八只鸵鸟，一百五十只跳羚，十只牛羚，八只捻角羚，二十只斑马，六只狮子，四只美洲豹，七只疣猪，还有几群狒狒，一些非洲大羚羊和一只……"他停了下来，"就这些了。"

"和什么？你刚刚还没说完呢。"

"没什么，"腾达伊说，"本地部落的人相信有一只白色的长颈鹿来到了萨沃博纳。非洲人有一个传说，一个能骑驾白色长颈鹿的孩子会拥有在所有动物之上的能力，不过这只是个传说。萨沃博纳将近两年以来，一直没有长颈鹿，就连普通的也没有。但是不断有人跑来跟我报告说，他们看到过一只白色的。部落里的人说这是一只得了白化病的长颈鹿，白得跟雪豹一样。如果他们说的是真的，

这将是世上最罕见的动物了，但是没有任何证据。我天天都在保护区里，却从来没有见过它。"

玛汀有一种似曾相识的感觉，仿佛曾在另一次生命里经历过此番对话。"那你相信它存在吗？"她热切地问。

腾达伊耸了耸肩膀。"我时不时地会发现一些足迹，但是它们又总是会消失。我沿着这些足迹追踪了几百码地，而它们就这样消失在了稀薄的空气里。"

"所以也许这是真的！"

祖鲁人大笑起来。"那些足迹不一定就是你想跟踪的动物留下的啊，小家伙。在古时候，有些部落为了将猎人引离兽群，就会把动物的蹄绑在自己脚上。你外祖母说过，在亚洲的深山里，人们还会试图仿照喜马拉雅雪人的足迹。也许这里就发生了同样的事！"他咧嘴对玛汀笑道。"如果白色长颈鹿真的存在，"他说，"那它也太害羞了。"

车子哐当哐当地发动了起来，他们沿路向下。当他们到达一扇高高的铁门面前时，腾达伊跳下车，打开了门。铁门的那头是一条车道，沿路种着巨大的红色和橙色的花朵，还有一片整洁的草坪和一幢上了白漆的茅草房。玛汀感到胃部神经一阵抽搐。几分钟后，她就要跟她的外祖母相见了。格温·托马斯会高兴见到她吗？她会是个好相处的人吗？她会不会就算并不是真的想收留玛汀，也会学着去喜欢玛汀？如果她不会呢，到时候怎么办？

6. 外祖母

茅草房的门开了，一个瘦瘦高高、六十出头的女人步出了房门。她穿着牛仔裤和短袖卡其布衬衫，衬衫口袋上的徽标是一只狮子，她的头发向后扎成一根马尾辫。当玛汀还在痴痴地看着外祖母穿的丹宁牛仔裤时，她已经大步走到了她跟前，没有任何开场白，就用双手捧起了她的脸。玛汀抬头细看，只见她一头金发里夹杂着缕缕白丝，栗色的皮肤上褶皱纵横，她用一种难以捉摸的神情看着玛汀。

"你完全长大成人了。"她只说了这么一句，便转向了腾达伊，"你来得可真晚啊，我的朋友。你们该不会是去拜访那个疯狂的老巫女了吧？"

玛汀震惊地意识到她说的正是格蕾丝。"我们迷路了，外祖母，"她立即说，"我们绕着开普敦转了一大圈，把整个城市都看了个遍！"

她的外祖母立即转向了她。"在这个房子里，只有当别人跟你说话的时候，你才能说话。"她突然转过身，昂首阔步地走回房子里去了。

腾达伊提着玛汀的行李箱跟在她后面，经过玛汀的时候，也没有看她一眼。

玛汀走在他俩身后，心怦怦直跳。一只姜黄色的猫正坐在门前台阶上打理自己。玛汀走近时，它好奇地打量着她。

"哈，小子，这下可有好戏看了。"玛汀低声嘀咕着。但那只姜黄色的猫只是打了个哈欠，然后闭上眼睛，躺在阳光里睡起觉来。

腾达伊出现在门口。"你外祖母在等你呢。"他说。

腾达伊走后，玛汀感到前所未有的孤独。她走进房子，环顾四周，里面凉爽安静，有光亮的石砌地板、又大又舒服的旧皮椅子。另一只猫，毛色黑白相间，正蜷缩在一架旧钢琴的琴盖上。墙上挂着几幅油画，画中是猎豹和大象。不加装饰的横梁和茅草使整个屋子显得空旷而宁静。

她的外祖母突然从厨房里冒了出来，端着一杯牛奶和一盘鸡蛋三明治。她示意玛汀在餐桌旁坐下。玛汀恨透了鸡蛋三明治，而且她的肚子仍然被格蕾丝的美味佳肴塞得满满的，但她并没有要拒绝的打算。她开始一点一点撕着面包吃起来。

"我这儿可没有那些咝咝作响的饮料。"她的外祖母说，"别相信那些东西。"她像一头母狮一样站在餐桌的主座前，蓝色的眼睛挑衅般地死死锁住玛汀。

"好的。"玛汀谨慎地答应着。

"首先你需要知道的，是这间房子里的规矩。请不要去碰任何不属于你的东西，包括那架钢琴。不能跑动，不能喧哗，不能咒骂，也不能吃糖果。我这儿没有电视机。我一年只去开普敦两次，所以你也没有进城购物的机会。不能吃快餐，我们自己种蔬菜。你得自己整理床铺，并帮忙打理家务，我是没法容忍懒惰的。有问题吗？"

"我可以呼吸吗？"玛汀嬉皮笑脸地问。

"不准顶嘴！"她的外祖母咆哮道。

玛汀缩回她的椅子里。鸡蛋三明治还放着，一动未动。

"把它们给我。"她的外祖母说着一把将三明治抢了过去，"我早该料到那个疯老婆子会做饭给你吃了，那你就到晚餐时再吃掉它们吧。我是无法忍受浪费的。"

这一天余下的时间更是叫人难以忍受。在长途的飞行和一上午的奇遇之后，玛汀已经头晕目眩，强忍泪水。但是在她冲完澡之后，她的外祖母坚持要开车载她去附近一个极小的镇子——镇上只有一条名叫"风暴十字路口"的购物街——去买一套校服和几双棕色系带鞋。到了服装店，她试穿了两件白色的衬衫、两条海军蓝的短裙、一件防风夹克和一件运动上衣，上衣徽标上印有一只耳尖上长着毛的山猫，另外还试了一条灰色的领带。玛汀惊恐地意识到，明天她就要去上学了，连一点适应新环境的休息时间都没有。

"有的是大把的时间去适应，"外祖母对她说，"你已经落下太多学校的课程了。"

事情好像还不够糟似的。晚餐时（谢天谢地，不是鸡蛋三明治），玛汀端着外祖母最心爱的茶壶回厨房，却一脚滑倒在光亮的地板上，茶壶被摔得粉碎。

"哦，薇若妮卡到底是怎么想的？"她的外祖母咆哮起来，"我就知道会发生这种事情。怎么能指望我来照看小孩呢？"

她拒绝让玛汀帮忙收拾残局。玛汀只好不声不响地爬上楼，躲在床上泪流满面，她感到被全世界遗弃了。她只身在遥远的非洲，没有父母，没有朋友，跟一个看都不想看她一眼的外祖母住在一起。真的，一切糟透了。

　　关于新生活，玛汀至今能发觉的唯一的阳光面就是萨沃博纳本身。她已经爱上它了。当她们从商店回来的时候，落日的余晖洒满了保护区，一群跳羚在尘土飞扬中列队走向房子前的水塘。玛汀设法及时地逃脱了外祖母的控制，跑到花园尽头，透过保护区高高的围栏望着那一群跳羚。

　　有好几回她不得不掐自己一下。昨天她还打着寒战在灰蒙蒙、阴沉沉的英格兰醒来，而一天之后，她已经坐在红铜色夹杂着紫色流云的天空下。夕阳暖暖地照在她的皮肤上，跳羚在浅滩上蹦来蹦去，就好像它们的蹄子上安装了迷你蹦床。树木间正在栖息的珍珠鸡不住地啼鸣。她之前见到过它们沿着路边蹒跚而行，一只只都很肥硕，带有蓝色斑点，活像国王出行。玛汀在草地上舒展着四肢，尽情享受着扑面而来的醉人味道：傍晚的炊火、野生动物、青草和丰茂的大自然。这真是一种前所未有的体验。

她的卧室也有点特别。高高的阁楼里，有一扇窗开在茅草房顶上，尽管很小，但别具一格，独有魅力。靠墙的书架上塞满了关于动物和非洲的书籍，床上铺着干爽的白色床单、一条拼布缝缀的被子和松软的大枕头。最棒的是在卧室里可以俯瞰那个水塘。棕色的水坝四周长满了带刺的矮树丛。腾达伊曾经告诉她，大部分保护区里的野生动物都会在黎明或日暮时分聚集在那里。

可是现在已经入夜了。床垫在玛汀的体重压力下陷了下去。她用袖子擦干泪水，猜想着妈妈是否真的在萨沃博纳生活过。一想到这个房间可能曾经是薇若妮卡的卧室，她又感到欢欣鼓舞。薇若妮卡可能也读过这些书呢，也可能舒服地蜷伏在这条被子里呢。但究竟是为什么，薇若妮卡从来不曾对玛汀提起这个地方呢？

她疲倦得连睡衣都没换上，不知不觉地滑进被子里，脑子里还在跑马灯似的回放着这漫长一天中的种种画面。在进入梦乡之前，她脑海中闪过的最后一个念头，是白色长颈鹿。

7. 初到卡拉卡尔小学

　　第二天早晨玛汀醒来时，感觉就跟要去看牙医似的万分不情愿。她躺在床上紧闭着双眼，这样就可以假装一切都没发生过。她的家没有被烧毁，爸爸和妈妈没有永远地离她而去，她也没有被送到非洲这荒野之地，和一个完全陌生的人一起生活。最后，实在装不下去了的时候，她睁开了眼睛。一片辽阔而无比湛蓝的天空映入她的眼帘。床头柜上的时钟显示：早晨六点零五分。恰好在此时，一只胸部橘色的鸟儿扑棱着翅膀停在窗外的茅草横梁上，唱起欢歌来：滴噜滴哩，滴噜滴哩。

　　玛汀用一只手肘支起身子，注视着外头的保护区。那口水塘披上了清晨的薄雾，一缕缕金子般的晨光穿透其中。十几头大象在塘中嬉戏，它们在泥坑里打滚，用鼻子向同伴喷水，斑马在附近吃草，她则惊奇地摇晃着脑袋。眼前的场景虽没有带走她心中的苦痛，但的确有所助益。

　　即便如此，她下楼时的脚步依然沉重如铅。她的外祖母正坐在厨房的餐桌旁，双手握着咖啡杯。当玛汀进来时，她迅速地站起来

说："早上好，玛汀，希望你睡了个好觉。"她的声音微微颤抖，仿佛紧张似的。没等玛汀说话，她又急忙往下说道："平底锅里有一个白煮蛋，烤面包机里有几片吐司，其他你可能会需要的东西都在

厨房的桌子上。那边的柜台上有一个便当盒，里面有防晒霜、花园里摘的黄桃，还有一些乳酪和酸辣酱三明治。我现在得出门去喂小象，但我七点三十分会回来送你去学校的。"

在玛汀结结巴巴地还没说出一句"谢谢"的时候，她的外祖母已经"砰"的一声关上了那扇叠开门，带进一阵冷风。这不算是一次道歉，但玛汀知道，她能得到的也就这么多了。

去学校只需要一刻钟，但路上那种去看牙医的感觉又袭上玛汀的心头。大部分时候，玛汀一边在她的新校服里局促地扭动，一边厌恶着身上的裙子，也不知道能跟她的外祖母聊些什么。当格温·托马斯载着她开进卡拉卡尔小学的校门时，她看见了一群群即将成为她新校友的健康又自信的孩子，但那种糟糕的感觉丝毫没有因此而减弱。他们的皮肤都是像蜂蜜、卡布奇诺和巧克力一样的颜色，没有一种是玛汀的颜色——一种病恹恹的苍白色。她的外祖母将她留在女校长的办公室门前，临走时说了一句生硬但是善意的话："祝你拥有愉快的一天。腾达伊或者我会在下午四点钟来接你。"外祖母走后，玛汀紧贴着墙壁站着，想尽量不被人注意到。

她敲了敲门。"马上就来。"里面传来一个声音。玛汀能听到有人在打电话。在等待的过程中，她打量了一下四周。她过去的学校——博德利·布鲁克小学，就跟一座水泥监狱一样：柏油碎石路面的操场和油漆剥落的米黄色走廊，散发着消毒剂的味道。而这儿连厕所里都画满了涂鸦，是一所看上去不像学校的学校，更像是个不错的露营地。用鲜艳的栗木建造的木楼四散在绿草如茵、大树参天的地面上。在一道木篱笆后面，是一个波光粼粼的游泳池。

"你可以合上你的嘴巴了。这里还是会有一套古板课程要上，跟你在老家时一样枯燥乏味。你知道的，没完没了的除法、死去的国王、标点符号！"

玛汀的表情肯定出卖了她，这个站在门廊处的女子才会一边欢乐地笑着，一边拉着玛汀进屋去，还补充了一句："开玩笑的，我们的课程当然是非常有趣的。我叫伊莱恩·拉斯莫尔，这里的校长。你一定就是玛汀吧，欢迎来到卡拉卡尔小学。"她梳着克利欧佩特拉①式的发型，戴着木质的鹦鹉耳饰，穿着一条紫色长裙。

玛汀在想，是每一个非洲女人都是这么个性鲜明、穿着夺目，还是碰巧她遇见的都是这样呢？

拉斯莫尔夫人引导她在一把椅子上坐下，她好像知道玛汀在想什么似的，说："现在你真的可以合上你的嘴巴了。"

玛汀在适应了拉斯莫尔夫人的幽默感之后，便情不自禁地喜欢上了这位坦诚直率的女校长。拉斯莫尔夫人介绍说，卡拉卡尔小学虽然从外表上看跟其他学校没有什么差别，但它是一所尤其注重环保的学校。所有的建筑都采用太阳能供热，学校的许多项目都与保护自然资源相关，餐厅只供应有机食物。她们一起将学校的规章过了一遍，拉斯莫尔夫人又介绍了学校的作息时间表，然后她们绕着校园参观了一番。显然，运动在卡拉卡尔小学是一件"大事情"，

---

① 克利欧佩特拉：人名，埃及艳后。

这里出了很多体育冠军。学校的体育馆里，有一整面攀岩墙和占地好几英亩的运动场。

"如果你有运动天赋——或者任何一种天赋——就绝对不会被埋没。"拉斯莫尔夫人承诺。

玛汀非常清楚自己没有运动天赋，事实上她对尝试过的每一种运动都感到无望。她想起了格蕾丝的话："你有天赋，就像祖先们所说的那样。"这是种什么样的天赋？是跟科学、数学、艺术，甚至音乐相关的吗？还是她猜也猜不到的其他东西？"你要小心，"格蕾丝告诫过她，"这种天赋可以是福佑，也可以是诅咒。你要作出明智的决定。"

什么样的天赋还会随着警告一起来？

"露西·范希尔登……我们这儿一名很有才华的学生干部，"拉斯莫尔夫人说，"她跟你同一个班，在小薇老师的班上，玛汀。玛汀，你不会听睡着了吧？"

玛汀眨了眨眼睛。

只见一个优雅的金发女孩站在她面前，伸出了她的手。玛汀跟她握了握手，惊讶地发现她的手是冰凉的。从露西晒成焦糖色的皮肤来判断，可以知道露西把所有课余时间都拿来冲浪或在沙滩上晒太阳了。

拉斯莫尔夫人吩咐露西照顾玛汀，给她传授些秘诀，并给她一个非常特别的"卡拉卡尔小学"式的欢迎。接着，拉斯莫尔夫人便先行一步，她离去的背影犹如一朵翻涌的紫云，身后留下了玛汀和她那迷人的新同学。

"天哪，你真白！"等校长的脚步声一远去，露西就立刻评论道，"你从哪里来？冰岛？"

"英格兰。"玛汀低声回答。如果说一开始她只是因为感到尴尬和害羞，那现在的感觉简直比之前要糟上一百万倍。

露西咯咯地笑起来："我是开玩笑的啦。"说着给了玛汀友好的一拳，差点将她击倒，"走吧，我们快赶不上小薇老师的课了。下课时，我会再把你介绍给帮里其他伙伴的。"

午餐的时候，玛汀发现露西所说的那帮人叫"五星帮"，是学校里最受欢迎的一个团体。和露西一道的，有她的双胞胎兄弟卢克，也是个金发、焦糖肤色、相貌好看的人；斯科特·汉德森，每天早晨都开着一辆红色兰博基尼来学校；彼得·布克，校橄榄球队队长；还有一个名叫科萨·华盛顿（如果你说英语，且无法发出非洲人发的点顿音的话，那这个名字也可以念成"科尔萨"）的黑人男孩，是当地市长的儿子。他们都留着最时新的发型，还有本事把校服穿得很时髦，就像是由设计师专门设计出来一样。大多数孩子都崇拜他们。玛汀发现不管他们想要什么，都是唾手可得，就连老师都似乎会给他们特殊待遇。

课间休息时，露西将玛汀介绍给了"五星帮"的男孩和其他几个人。总的来说，他们似乎是一群友善的人，有几个人还一改常态，让玛汀觉得自己被接纳了。玛汀坐在阳光里，吃着夹有乳酪和酸辣酱的汉堡，微笑地点着头，心想究竟为何明明身处这样一个美丽的地方，被欢声笑语的人们围绕着，却仍然觉得自己是地球上最孤独、最悲惨的女孩呢？之前在博德利·布鲁克的所有感觉又如洪水般袭来。这不仅仅是害羞或笨拙的问题，她无法融入，已成定局。他们所谈论的话题没有一样是她感兴趣的——冲浪、发胶、流行乐。那她对什么感兴趣呢？她也不知道。阅读，也许，还有白色长颈鹿。没错，她对白色长颈鹿非常非常感兴趣。

正这么想着时，她注意到远处的一棵树下独坐着一个小小的身影。

"哦，他呀。"当玛汀问起那个孩子在做什么时，露西皱了皱鼻子，用厌恶的口吻说，"他不是聋子就是哑巴，或者疯子。我们也搞不清他是哪种。"

之后的几天里，玛汀知道了那个男孩的名字叫本，是混血儿，父亲是祖鲁人，母亲是亚洲人，一位印度舞娘——传言是这么说的。相较于同龄人，玛汀算是小个子，而他跟她一样瘦，也不比她高多少。

如果你走近细看本的话，就会发现他一点也不孱弱。他棕色的手臂和小腿精壮而结实。但是大部分孩子并没有兴趣去发现本的这一点。他是一个被孤立的人，几乎没有人跟他说过话。部分原因是本在学校的三年里从来没有说过话，哪怕是发出一个音节，老师们也早就认为他是个哑巴。另外一个重要的原因是他总是用小纸条来回答他们的提问，并且成绩总是班上第一。对于"五星帮"来说，本就是他们泄愤的对象和戏弄的笑料，因为他们声称

曾经在停车场亲眼见过本与他爸爸有过一场完全正常的对话。每天午餐时，本就会带上他的背包，消失在学校运动场最偏僻的角落里。在那里，他会坐在一棵树下读书。他的外号是"菩萨本"，因为他有焚香的习惯，也从来不报复，就算你偷了他的书本，或者强迫他替你做作业。

每个人都如此刻薄地对待本，令玛汀于心不安。她决心尽力与本成为朋友。一天下午，机会出现的时候，露西向她招手并询问她要干什么，她却没有勇气承认自己正要去跟"疯子本"打招呼。"疯子本"，露西总是这么称呼他。第二天，她又以其他理由推迟了与本交好的计划。过了一阵子之后，她完全不去想本了。

8. 秘密

在萨沃博纳最初的日子可以算是玛汀一生中的艰难时光。有时候，她觉得自己好像正在经受某种考验，几乎像是在为了什么而做着准备。一切都使她倍感孤立，仿佛是漂流到了一座荒岛上。在那儿，没有人可以让她寻求安慰或建议，也没有人能在她哭泣时抱着她，当然也包括她的外祖母。尽管如此，她还是会不自觉地注意到，每当她感到特别不安或者情绪低落时，格温·托马斯就会突然而且出乎意料地在晚餐时做一个杏仁派，配上厚厚的泽西奶油端上来，或者在花瓶里插上一束野花放在她的床头柜上，又或者会对她说一些这样的话："玛汀，我今晚去喂哺幼象的时候，你如果能一起来帮忙就好了。"

这头小象居住在腾达伊家附近的禁猎区的一个围场里。它是从赞比亚一个倒闭的动物园里被救出来的。腾达伊给它取名叫恰卡，与传奇的祖鲁武士王同名。

"这样它就会成长为兽群中的伟大领袖，尽管在早年它会历经磨炼，就跟恰卡王一样。"这是腾达伊对玛汀说的话。

恰卡是禁猎区中的几只动物之一。禁猎区有点像医院，是新来的动物们转移到主要的保护区之前的中转地。此刻，腾达伊正和萨姆森在一起。萨姆森是一个看上去至少有一百零四岁的白发干瘪老头。他们正在照看一群动物，有一只出了车祸、腿上打着石膏的豹

狼，一只眼睛被感染的猫头鹰，一只长有恶心的脓疮的跳羚，还有一只失去父母的婴幼丛猴。这只丛猴是玛汀见过的最可爱的生物之一。它那类猿的灰色小脸上有着巨大的棕色眼睛，还长着卷卷的尾巴和像考拉一样能爬树的爪子。

玛汀的日常杂务之一是确保禁猎区中的动物早晚都有水喝。她也被准许一天给恰卡喂食三次。有一次，她正对着它摇晃的步态和在挤奶桶里狼吞虎咽的粉色大嘴咯咯大笑时，恰好看到她的外祖母正用一种谜一样的、可以说是愉悦的神情看着她。但就算在这种外祖母似乎在努力变得和蔼可亲的情况下，玛汀依然无法摆脱外祖母并不想要她留在这儿的念头。

令人大为沮丧的是，她至今仍然没被允许独自进入保护区。玛汀安慰自己，至少她还能透过围栏看看野生动物。她把所有的业余时间都用来阅读她房间里能找到的关于动物的书籍，并为自己学到了关于长颈鹿的知识而心醉神迷。比如，每一只长颈鹿身上的斑点都是像指纹一样独一无二的。还有，尽管它们的脖子很长，但它们只拥有跟其他哺乳动物一样多的椎骨节数——七节。可是，没有任何一处提到过白色长颈鹿。

玛汀甚至觉得正是有了萨沃博纳的动物，才使得她的生活变得可以忍受。她从未想象过自己会生活在一个花园尽头有狮子的地方。当它们在夜晚出来觅食的时候，她能听到那令人脊柱发麻的咆哮，光是想想自己离它们有多近就足以被吓坏。奇怪的是，各种大小和形状各异的动物似乎都能本能地感知她何时需要朋友。就拿她外祖母的两只猫来说吧，一只叫勇士，一只叫谢尔比。平时它们对玛汀可是一点也不感兴趣，可是每当她感到痛苦的时候，它们就会在她腿上磨蹭，或者吵闹着在她床上睡去，这样玛汀就不会觉得寝食难安。还有两次是她在学校经历了糟糕的一天之后，狒狒们就出现在花园里，还表演了许多滑稽的动作，这一下子就戳中了她的笑穴。第二次发生这种事情的时候，腾达伊刚好过来办事。看到玛汀正望着狒狒们出神，他凑到她身边，打趣地说："所以，这就是你在本该做作业的时候做的事吗，小家伙？"

玛汀语无伦次地找着借口，腾达伊微笑着打断了她。他告诉她，依据祖鲁人的传说，狒狒们一度是农场上的懒汉。它们在应该给庄稼除草的时候，整天坐在锄头上闲聊，或在太阳底下睡大觉。它们在那儿坐得太久了，最后锄头变成了它们的尾巴，杂草和它们的身体长在了一起，变成了毛发。

"你最好小心点，"腾达伊说，"如果你在这儿待得太久了，不

去做你的家庭作业，你可能也会长一条尾巴出来，到时候我们就不得不把你扔到保护区里去了。"他咧着嘴笑了，目光越过她的肩膀。"难道不是吗，你说呢，托马斯太太？"

玛汀内疚地转过身去，只见她的外祖母正笑得花枝乱颤，她那蓝色的眼睛里闪着光芒。

"腾达伊，"格温·托马斯终于控制住了自己，"你真是金子一样的宝贝啊！"

但是，这些都无法阻止玛汀在夜晚无眠之时对失去父母的心痛，也无法阻止她去猜想萨沃博纳的秘密。在保护区待了三个星期之后，她已确信格蕾丝是对的——萨沃博纳有一堵无声的墙。所有她提出的问题，都被抛了回来。

"一只白色长颈鹿！"当玛汀提到腾达伊告诉她的传说时，她的外祖母大呼小叫起来，"说得好像一只白色长颈鹿真有可能会在萨沃博纳走失一样！"

"可是腾达伊说他看到过一些足迹。"

"玛汀，如果真有一只长颈鹿在保护区里，你觉得像腾达伊这样一个能穿越裸岩去追踪一条巨蟒的人，会到现在还找不到它吗？"

玛汀不得不承认外祖母说的不无道理。

但是萨沃博纳还有着其他秘密。首先，为何她的外祖母一直将她隔离在保护区之外？毫无疑问，这就是事实。萨沃博纳是一个私人保护区，归她外祖母所有，但在工作日也会向提前预约过的游客和访客开放。他们可以在猎区管理员亚历克斯·杜普里兹或者格温·托马斯的带领下游览园区。就算如此，周末总是空闲的。但是每逢星期六，她的外祖母就会有一千个理由不让玛汀进入保护区，从人手短缺到萨沃博纳的燃料供应晚点等，不一而足。"你总不想腾达伊在遇到一头暴躁的大象时没了汽油吧，玛汀？"

"我不会容忍这样的事，"玛汀的外祖母对腾达伊说道，"我不想让她在玛汀的脑子里灌输那些愚蠢的想法。对玛汀而言，格蕾丝是不该接触的人。"

所有这一切都增加了空气中的神秘感，玛汀甚至可以触摸到。她尽可能多地窥视打探，也偷听过一两次对话，但没有任何答案能解除她心头最大的困惑：为什么妈妈从来没有跟她提起过萨沃博纳？她在书架上找到了几本属于薇若妮卡的书，知道她的妈妈大概在这里度过了人生中的许多时光，但并不能解释为何妈妈从不对她提起此事。

同样，玛汀也不理解为何她的外祖母在这个话题上始终沉默如石。她觉得奇怪的事是，她的外祖母从来不谈论自己的女儿。如果她还沉浸在悲痛之中，人们可能会想到她说些这样的话，"这是你妈妈最喜爱的饭菜"，或者"你妈妈很喜欢弹这架钢琴"。可是没有，什么都没有。屋子里有许多她外祖父的照片。外祖父看上去像是银发版的哈里森·福特，有着和她妈妈一样炯炯有神的绿眼睛。但是她父母的照片一张也没有，尽管她的外祖母在给社会服务部的信中将他们描述为"这世上我所认识的最好的人"。而腾达伊明显知道一些关于她母亲的事情，却直截了当地拒绝给她任何信息。"求你了，玛汀小姐，"他总是说，"你必须自己去问你的外祖母。"

有一天傍晚，格温·托马斯看起来心情格外愉悦，于是玛汀鼓起勇气决定一试。外面风雨大作，而她们刚吃完晚饭。

"外祖母，"玛汀开了个头，"在格赖斯先生给你写信之前，你知道我吗？"

"我当然知道你了，玛汀。"她的外祖母不耐烦地说，"这算是什么问题？"

"那我为什么都不知道你呢？"

"那是你妈妈的事，与你无关。"外祖母说着提高了嗓门，"你妈妈做这样的决定是为了保护你。如果你知道她为什么这么做的话，你会感激她的。"

"可是都没有人告诉我真相，我如何感激呢？"玛汀脱口而出。

"玛汀！"外祖母大发雷霆，"我不能容忍这样的粗鲁无礼。马上给我睡觉去。"

玛汀跳到地上。"好吧，"她说，"我会去睡觉的。但我也会找到关于妈妈的真相，还有这里发生的其他一切。谁也阻止不了我。"

上了楼，玛汀呆坐在床上，望着雨水抽打窗户。外面漆黑一片，泪水顺着她的脸颊奔流而下。她已经记不清这是她来非洲以后第几次哭泣了。她好想回到英格兰，同罗斯老师和莫里森夫妇在一起，但不知怎的她心里知道自己命中注定要留在这个荒蛮的困惑之地，与这里古怪而满怀敌意的人们在一起。

她的父亲曾告诉过她："每一件事情的发生，都有它的理由。"

以玛汀的经历，她无法想象那可能会是什么理由。而此刻她也不在乎了，她只知道她需要一个朋友。

外面狂风肆虐，重重地抽打着房子。雷声炸裂，好像成百上千颗卵石从天堂崩破而下。闪电划破夜空，玛汀的呼吸急促起来。一只白色长颈鹿正站在水塘边径直望着她！有那么一瞬间，这个瘦小悲伤的女孩和这只瘦长年轻的长颈鹿，他们的目光交会在了一起。随即天空便暗了下来，玛汀把脸贴在玻璃窗上，拼命地想要再次看到那只白色长颈鹿，但她无能为力。外头没有月光，只有大雨如注。

玛汀激动得几乎无法呼吸。这就好比得到了一份梦寐以求的最佳礼物——比方说，一匹小马——还没来得及好好享用就被人抢走了。这对她而言简直无法承受。

她竭力振作起来。她是看见了那只白色长颈鹿还是没看见？会不会只是一场光的戏弄？从这个距离看过去，它有点鬼影幢幢。在蓝色闪电的亮光下，它自带一圈磷光。但是当她回想起他们目光交会的那一刻，她便不再怀疑。那只白色长颈鹿确实在那儿，它看着她，仿佛在寻找她。

玛汀突然有种强烈的欲望，想要冲到保护区里去寻找那只害羞的动物。她知道，如果这样做后果也许不堪设想。一直以来，她都

被禁止单独进入保护区，就算腾达伊也不敢冒险在天黑以后徒步进去。蛇、蝎子、狮子、水牛，甚至猎豹都会在夜间潜行，况且它们中的不少还是出来觅食的。玛汀充分意识到如果她违背禁令，有可能遇袭而受伤，也有可能更糟糕。

在很长一段时间里，她坐在窗边挣扎着如何抉择。她无法不去回想那只白色长颈鹿。

最后，她下定了决心。她脱下放学后换上的短裤，穿上牛仔裤、靴子和海军蓝的校服风衣，并从书柜后面找出莫里森先生送给她的木雕盒子。她从中取出手电筒和小刀，放在裤子后面的口袋里。她靠着卧室的门，侧耳倾听。只听见渐渐小去的雨声在厚厚的茅草房顶上呜咽。

她蹑手蹑脚地下楼，极力不发出声响，可木质的老旧台阶一直在发出嘎吱嘎吱声。玛汀做好了充分的心理准备，去迎接她外祖母暴怒的尖叫，或者那只扣在她肩膀上的大手。然而，一切波澜不惊。

到达厨房后，她驻足了几分钟，深深地呼吸着，在电冰箱那令人心安的嗡鸣声中寻求安慰。接着，她打开厨房的门锁。当她关上厨房的那扇门时，那一下咔嗒声仿佛是一种决定性的宣判。她看了看表，午夜刚过一分钟。

9. 遇见杰米

外面的花园里风雨渐息，已是毛毛细雨。面对着非洲夜晚的此情此景，玛汀几乎丧失了勇气。但此刻，她外祖母卧房的灯偏偏亮了，否则她早就冲回房子里去了。玛汀下定决心，如果一定要在外祖母和一头饥饿的狮子之间做选择，她宁可冒险同狮子在一起。

空气里都是熟透的芒果和盛开的栀子花的香甜气味。玛汀茫然地出发了，穿过雨水滴答的树林，大致向着保护区大门的方向走去。玛汀在前几周的调查中，偷听到了腾达伊告诉她外祖母的挂锁新密码，当时她特意将这串数字背了下来。当她的手触摸到冰冷的金属大门时，她顺着缠绕在上面的铁链，摸索到了那把保障安全的门锁。这时她才打开手电筒的开关，在湿漉漉的转盘上输入了那串数字。挂锁咔嗒一声开了！玛汀低头看着它发愣，无法相信这一切竟然如此容易。这时她才意识到，自己其实一直暗自希望能发生点什么好阻止她进入保护区。她回头看了一眼，那幢房子又一次陷入了黑暗之中。现在不论发生什么，她都无法回头了。

玛汀穿过大门，强忍着恐惧的惊叫。两只红红的眼睛正瞪着她，灌木丛剧烈地摇晃起来，一只水羚跳到了跟前。玛汀离它如此之近，事实上她都能感受到它的毛发掠过她。它抖了抖头上的角，纵身一跃，跳进了夜色里。

玛汀的心一下一下猛烈地撞击着胸腔。她试着去想象，如果是腾达伊在类似的处境下会怎么做。当然他不太可能遭遇类似的情境，但如果碰上了，她确信他会让一切维持平静，并保持思路清晰。"注意力集中，"她想，"我必须集中精神，我能做到的。"

在这个世界上，她最大的愿望莫过于找到那只白色长颈鹿。为什么呢？她也不清楚。她只知道自己抑制不住地想这么做。尽管她如此担惊受怕，但还是要做自己想做的事情，同时也是对外祖母家令人窒息的氛围的反抗。哪怕只是微弱的反抗，也能让她好受一些。

手电筒发出的光束指引出了一条通往水塘的小路。那里蛙声齐鸣，

一片聒噪。蓝色的闪电颤抖着，掠过遥远地平线上的群山。玛汀勇敢地尽可能快速前行，并努力避开脚下的水洼。尽管如此，没过多久她的牛仔裤就湿透了。在一些地方，荒草长得比她还高，冰冷的雨滴淋透了她的头发，顺着她的脖子流下来。

她一边走着，一边发现有不明动物在林下的矮树丛间滑行、疾跑和跳跃。玛汀试着不去想最糟糕的情况，她不确定哪个是她最害怕的。蛇、令人毛骨悚然的小爬虫，还是会吃人的食肉动物。她强烈地希望不要碰上它们中的任何一种。仿佛过了有一个世纪之久，气温降了下来，她发现自己到了水边。她试着准确地锁定看到长颈鹿的地方。她很确定那是在一棵老桉树旁边，那棵树站立在水塘的左岸，像一具受了惊吓的骷髅。

青蛙们仿佛感知到了危险，陷入了寂静。水面上盘旋着缕缕薄雾，空气中满是危险的气息。玛汀强压住内心的恐惧，她已经走得太远，没有回头的可能了。她举起手电筒，照向四周的灌木丛，没有动静。没有老鼠，没有狮子，连一只小鸟都没有。失望重重地向她袭来。她在想些什么呢？一只传说中的长颈鹿！她冒了生命危险来追寻一个童话，而如今她还想毫发无损地回家。

纯粹的本能告诉玛汀，有什么东西正在她身后。她的第六感指引她非常非常缓慢地转过身去。一条黄金眼镜蛇正盘绕在离她仅仅六英尺的泥地里，头部的"双翼"大大地张开，在手电筒的黄光里摇晃。玛汀立刻就认出那是非洲最毒的蛇，比树眼镜蛇更加致命。就凭它那金黄的颜色就不可能弄错，还有那喉咙周围的带状条纹。

眼镜蛇张了张嘴，它那黑色的芯子邪恶地蹿了出来。玛汀被吓得失手滑落了她的手电筒。手电筒滚到一颗大卵石后面，发出微弱无力的光。

继而，灯光熄灭了。

在她陷入一片黑暗之前的那个瞬间，玛汀看到那条眼镜蛇缩起了头部准备进攻。她无助地等待着那致命的一击。

可什么都没有发生。相反，一个灰白模糊的影子从树林里蹿了出来。玛汀耳边传来阵阵可怕的嗞嗞声，眼前闪过飞扬的蹄子。在瘫倒在地以前，玛汀看到的最后一样东西是一只白色的长颈鹿。

什么东西正在轻挠着玛汀的脸颊。她感到一股温暖甜蜜的气息，令她回想起英格兰夏日新割的草地，或者温布尔顿的草莓，或者伦敦格林威治公园里的玫瑰花园，她曾在某年春天学校的一次远足中去过那里。

在这香气中还有些别的东西，一些野生、异域的，以及……非洲的东西。

非洲！

玛汀突然意识到自己并不是在安全的英格兰郊区，不是在她花园里的吊床上打瞌睡，而是在午夜时分违令进入了南非的一个保护区。她感到有东西正在嗅着她，可能正准备吃掉她。她小心翼翼地睁开一只眼睛，只见长得不可思议的睫毛下，一对水汪汪的黑色双眸正注视着她。

"你救了我的命。"她说。

白色长颈鹿向后退缩着，发出一声紧张的鼻哼。它露出半个臀部，就像一匹马，退到了危险的距离之外。玛汀小心地从地上爬起来。白色长颈鹿比她高出许多。天空放晴了一些，一汪月亮散发着淡淡的微光。玛汀能看到它是一只无比美丽的长颈鹿。它的皮毛闪烁着，像是被阳光照耀的白雪，上面布满银色夹杂着肉桂色的斑块。

她向它伸出了手。白色长颈鹿掉转了方向，仿佛要逃走，却又滑步停住，用力地呼吸着，颤抖着。她从房间里的书本中了解到，尽管长颈鹿总的来说是非常温柔的动物，但当它们感到威胁时，完全有能力用长长的前腿猛踢对方。但是，冥冥之中玛汀知道，眼前这只长颈鹿永远不会伤害她。

她再次伸出手，向它走近几步。"别害怕，"她安慰道，"没关系的，我只是想抚摸你，不是要伤害你。"

这一次，长颈鹿站着没有动。当她的手指触碰到它的皮肤时，它害怕得颤抖了，但是并没有逃走。玛汀感到一阵刺痛，电流穿过她的手臂——是与格蕾丝把手放在她额头上时相同的刺痛感。在那个瞬间，她有种奇怪的感觉，她确切地知晓这只动物正在想什么。比如，毫无来由地，她就是知道这只长颈鹿的名字叫杰里迈亚，简称杰米。她还知道杰米很孤独，自始至终都跟她一样孤独。

"我也很孤独。"玛汀向长颈鹿吐露心事，"五个星期以前在英格兰，我在一场大火中失去了我所爱的一切。现在我和不想要我的外祖母住在一起，在一所我无法融入的学校里上学。"

长颈鹿警惕地看着她，没有回应。相反，它慌张地侧身而过，

到了她能够触碰到的位置之外。玛汀心想，也许它在等待着一个可以信任她的信号。谁又能责怪它呢？如果她要接近它，那第一件不得不做的事情，就是向它证明她是它的朋友。可是如何证明呢？

接着，她有了主意。在英格兰她父母的卧房里有一张海报，印的是一只向着落日飞翔的鸽子。海报上写着："如果你爱它，就给它自由。如果它回来找你，它就是你的。如果它没有回来，那它原本就不属于你。"玛汀回想着这句话，耳畔仿佛响起了母亲近在昨日的朗朗诵读。念完后，母亲微笑着对她说："多么美妙啊，玛汀。这是真理。你越是爱着某样东西，你就越应该给它空间，让它去寻找这个世上属于它自己的道路。这样，你就会知道，如果它回到你这里，是因为它真的在乎你。"

虽然与这只白色长颈鹿的相遇是一个奇迹，但玛汀知道她不得不先要与它分离。她留恋地看了它最后一眼，心头隐隐作痛，好像马上就要失去一个即将成为朋友的朋友。但不知为何，她知道他们会再次相遇。出于不完全明了的缘由，她感到他们的灵魂已经捆绑在了一起。

"谢谢你救了我的命，杰里迈亚。"她说道，又补上一句，"希望很快能再见面。"

说完，她开始在泥泞中摸索着走向那条杂草丛生的小路。她不清楚那条眼镜蛇的命运，但她希望它不是彻底死了，而是躲回到它的洞穴里去了。她不确定如果再次遇见那条眼镜蛇的话，自己能否活下来。

在她快要到达那条小道的时候，一条嫩枝折断了，就像黑暗里的爆竹。玛汀从来都不是一个运动健将，但是当她在水中瞥见一座房子的倒影时，她差点就要像奥林匹克选手那样疾速奔向那幢房子。那只白色长颈鹿正跟着她！她假装镇定地继续走着。倒影中的长颈鹿温文尔雅地走在她身后，像优雅的精灵。它那白金色的外衣和银色的补丁在金属般的水面上飘浮而过。玛汀停下脚步，白色长颈鹿也停下脚步。她继续走，白色长颈鹿也继续走。突然，她转过身去。

白色长颈鹿滑了一步，以古怪的姿势停在泥地中。它从高空中注视着玛汀。现在，它看上去更多的是好奇，而不是害怕。玛汀伸长她的脖子，想要解读它的表情。她觉得自己就像在凝视着世上最智慧，同时又最无辜的生物的双眼。而给她留下最深刻印象的，是它的温柔。

她等待着，看长颈鹿会怎么做。一开始，什么也没发生。但接着，它一毫米一毫米地压低了它的头，直到它细长的鼻子近得几乎碰到玛汀。玛汀又一次闻到了它身上那干爽的、犹如新割的青草的味道。她很想伸出手掌触摸它那光滑的白色下巴，但她忍着没动。

继而不同寻常的事情发生了。长颈鹿将它的头倚在玛汀的肩膀上，并发出一声低沉悦耳的颤音。

在那完美的一刻，他们站在那儿——小小的女孩和白色的长颈鹿——倒映在被月光照亮的水面上。那只是短暂的一刻，但已足够长久。过去几个星期的情绪和困惑都迅速离玛汀而去，取而代之的是一股充盈在她体内的满足感。这时她知道，她找到了家。

一头狮子发出了咆哮。在这暴风雨过后的怪诞的寂静中，这一声怒吼犹如惊雷，仿佛这头猛兽就要扑向他们。玛汀和长颈鹿在他俩都还没来得及思考时，就朝着相反的方向全速飞奔而去。当她抵达安全的花园时，那只白色长颈鹿已经消失不见，仿佛它从未出现过。

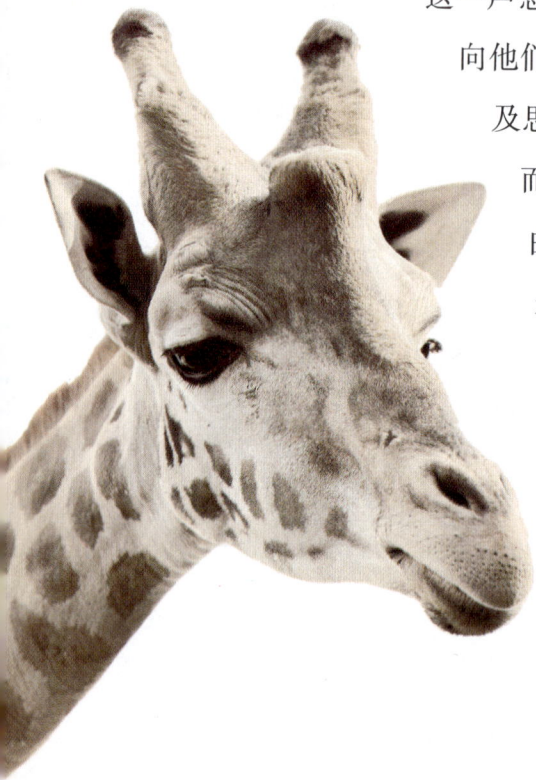

10.威胁

回到房间，玛汀筋疲力尽地睡了。当闹钟在六点钟叫醒她时，她强迫自己跳下床，穿上那条湿透了的满是泥土的牛仔裤，便迎着晨光匆匆地跑出了家门，中间只在用冷水洗脸时停顿了片刻。她知道她得为这身湿衣服找一个借口。等到六点半，她的外祖母出来喂恰卡时，玛汀正跪在菜园里使劲地除着草。

格温·托马斯简直不敢相信她的眼睛。"你究竟在干什么，孩子？"她问道，"你实在是脏透了。"

"我只是想给这些胡萝卜除草。"玛汀愉快地回答,"我想很久了,我觉得我应该开始在房前屋后给你添把手。"

"这……"她的外祖母说,"我……好吧,谢谢你,玛汀。"

她们都没有提起前一天晚上的争吵。然而,通常在早餐时供应一成不变的煮鸡蛋和面包条的格温·托马斯,这天为玛汀做了一份特殊的早餐:新鲜的木瓜和芒果,一份叫作"丛林燕麦"的南非粥和一个涂有开普敦醋栗果酱的手工面包。当亚历克斯·杜普里兹的灰色路虎越野车轰鸣着开进房前的车道时,玛汀正好品尝着最后一口不可思议的美味。

玛汀沉下了脸。她只见过这位猎区管理员一次,但她第一眼就不喜欢他。他就是妈妈口中所说的那种"蛇油推销员"。他过分热络亲近、满嘴虚伪的行话令她浑身起鸡皮疙瘩,她无法相信他对动物们怀有任何感情。

他那张满是雀斑的脸出现在前门口,上面顶着一头蓬乱的草莓红头发。"早上好啊,托马斯太太,玛汀。"他轻松快活地说着,"这么美的一天,女士们,你们好吗?"

"非常好,谢谢你,亚历克斯,"她的外祖母微笑着说,"什么风这么早把你吹来这儿了?"

"夫人,我正好要去风暴十字路口买点斑马粮。我知道你有很多工作要做,所以如果今天需要我顺路送玛汀去学校的话,也许能帮上忙。"

"怎么这么说呢,亚历克斯?这当然帮上大忙了。我约了兽医,他来的第一件事是给恰卡做检查，再就是看看昨天斗得很凶的那两头水牛的状况，十点钟还有一个总共二十四人的瑞典商团要过来。真的很感谢你的体贴周到。等等，我去把给她打包好的午餐拿过来。"

玛汀的心沉了下去。她慢吞吞地跟在亚历克斯矮壮的身躯后面，走出了房门。

一开上大道，亚历克斯就开始用他那浓重的南非口音无聊地喋喋不休。而玛汀只想忘我地沉浸在前一天晚上她与白色长颈鹿相遇的遐想里——它跟着她，并把它光滑的头靠在了她的肩上！因此，她便只给亚历克斯一连串单个词的回应，但这似乎也无法挫伤他的兴头。

"你是个聪明的小家伙，对吗？"他在风暴十字路口唯一的一个红绿灯口等待的时候说，"我打赌，你的功课比我小时候学得好多了。"

"我十一岁了，"玛汀粗鲁地说，"别像对着五岁小孩似的跟我说话。"

亚历克斯的脸上闪过一丝狡猾的表情。"好吧，"他说，"如果你想这么玩儿的话。你没有碰巧在萨沃博纳遇见过一只白色长颈鹿吧，有吗，玛汀？"

玛汀竭尽全力不让自己的震惊浮

现在脸上。"白色长颈鹿根本就不存在，"她回答，"人人都知道。"

亚历克斯把手伸进口袋，掏出了玛汀那支珍贵的手电筒。他把它扔向玛汀身边开裂的皮座椅。她很想拾起那支手电筒，但她没敢。

亚历克斯发出了冷冷的笑声。"有本事你就一直这样。"他把手电筒收起来放回了他的口袋，"问题是，玛汀，这只白色长颈鹿，如果它的确存在的话，将会是非常非常值钱的。比如，你的外祖母将会从这样一只动物的交易上获取很大的收益。我的意思是，我们在谈的是几万美金的事，不是零头小钱。我不愿意去想你会因为随意插手跟自己无关的事而陷萨沃博纳所有人于困厄之中。你觉得你的外祖母对此会怎么想呢？"

玛汀铁青着脸，他怎么敢这样谈论杰米？好像它只是又一只等着被猎捕和贩卖的动物一样。她很确定她的外祖母并不知道他的想法。

"那么如果我的外祖母知道了你的小秘密，你觉得她又会怎么想呢？"她反击道，只是想试一试他。

亚历克斯的蓝眼睛里闪出火光。他将车开进学校之后，猛踩了一脚刹车，然后倾出上半身越过她去开车门。"我的姑娘，你现在是在玩火。"他狞笑着，"你应该知道玩火的人下场是怎样的。"

在她离开那辆吉普车前，玛汀一直

在努力保持坚强。但是当她一转过身背对着亚历克斯时，眼泪就顺着脸颊哗哗地流下来。

玛汀觉得亚历克斯的笑声穿过学校的操场，一路跟随着她。

11. 梦境成真

本来玛汀是有可能继续习惯卡拉卡尔小学的生活的，尽管她很害羞，最终还是能交到朋友的。但是，在她来非洲的第三个星期天，一切都因为一件事情的发生而改变了。故事是从一次学校郊游开始的。他们要去往开普敦的克斯坦博西国家植物园，小薇老师告诉他们："谈到植物王国，那地方绝对是个无与伦比的奇迹。"

一周以来，小薇老师的不断鼓吹令大家对此行兴奋不已。她向他们保证，这将会是一个令人难忘的周末。郊游期间，他们会前往香料园和草药园这样的地方，在桌山脚下一边看世界知名非洲乐队的演出，一边享受特别的野餐。

玛汀对这次出游既期待又有些恐惧。但那天中午，她在卡拉卡尔小学登上巴士之后，很快就如释重负了，她发现自己乐在其中。去开普敦的一路上气氛很好，一些孩子在说着笑话唱着歌。"为什么六很生气？"雪琳·梅耶问玛汀，"因为七八九！八，吃了（英语中与"八"谐音），你明白了吗？"

玛汀过分用力地大笑着。这时她看到本像往常一样，一个人坐在巴士的最后面，她内疚地移开了视线。也许今天她能找机会跟他说上话。为了让自己转移注意力，她回想了下两天前与亚历克斯的对话。从他说话的方式里，谁都能猜到萨沃博纳的阴谋。他们共同隐瞒白色长颈鹿的秘密，直到它被捕并以高价卖掉。但是腾达伊和格温·托马斯都坚持对她说那不可信。要么亚历克斯知道得比他们多，要么就是他们在说谎。

玛汀再次想起了她与白色长颈鹿的相遇，回想她最初看到它的那一刻。它高高地在她之上，像白雪上的阳光一样微微发亮，身上是一块块银色中夹带肉桂色的斑块。一阵兴奋的颤抖穿过她全身。在这世上没有什么能阻止她再次见到杰米——无论是暴风雨、门锁、猎区看管员还是任何其他威胁。

巴士刹车发出的尖锐声响打断了玛汀的思绪。他们正开进克斯坦博西国家植物园的二号门。在等待下车的时候，她偷偷地瞄了一眼本。他好像并没有注意到车子已经停下了。他正盯着窗外，望着树木与花草的天堂和它们身后直达蓝天的桌山，生动的脸上写满了期待。

在克斯坦博西自然研究学院，微笑着迎接他们的工作人员为他们准备了果汁和关于植物园的讲座。克斯坦博西国家植物园成立于1913年，占地面积达528公顷。听完讲座，他们分成三个小

组，每组八个人。其中两组人将在一位教育长官的带领下去探索克斯坦博西。而玛汀所在的那一组，将由小薇老师带领。小薇老师为此曾在这个研究中心完成了一项特殊课程的培训。这一组还包括了"五星帮"中的四个成员（除彼得以外的所有人）、雪琳、一个叫杰克的大个子男孩，还有本。

第一站是去香料园。他们穿过修剪齐整的草坪，看到游人们在草地上野餐，珍珠鸡来回踱步、满怀希望地寻觅着食物碎屑。他们还穿过了一条沿路的潺潺溪流。这条小溪看上去清澈见底，却有着残忍血腥的历史。当开普敦还是英国统治下的殖民地时，这里曾是奴隶们逃跑的必经之地。"传说一个奴隶逃到这里被猎豹吃了，被人发现的时候只剩下了一具骸骨。"小薇老师告诉他们,"自那以后,这里就以'骷髅溪'为人所知。溪上的这一片区域被叫作'骷髅峡'。""它旁边的那片更加古老的森林叫作'黑狭道',在南非语中是'黑角落'的意思。"为了夸大效果,她又补充道,"很多孩子都在那里走失了。"

一阵寒意穿过玛汀的身体。她顺着小薇老师手指的方向看去,在桌山险峻的斜坡上,发现蔓延着长满香槐和铁木的片片树林,像一块浓密的绿地毯。这个场景看上去似曾相识,好像曾在哪幅照片中看到过,她的手臂不禁起了鸡皮疙瘩。不到一小时以前,天空还是一片晴朗,只在山上有几丝白云,此刻却已风云突变,他们曾被告诫过天气会变幻莫测。玛汀突然感到一阵莫名的不安。

香料园和草药园是芳香植物和药用草本的胜地,可是玛汀感到自己难以集中精神。在有树林的小谷地里,他们用一个鸟形盛水器喝着冰凉的泉水。然后,他们来到赛卡圆形露天剧场,小薇老师向他们解释说,掌状的苏铁科植物其实是活化石,它们是与恐龙同时代的生物。"它们中的一些活了两亿年了,"她说,"你们能相信吗?两亿年了。"

旅程的最后一站是大山矮坡上的凡波斯步道。凡波斯是世界上最大的六个植物王国之一,在开普敦地区独一无二。这里有石楠类的各种灌木,比如艳红的火石楠、银树、芦苇、百合花,以及粉色天鹅绒般的帝王花——南非的国花。它们以烈焰般的色彩沿着蜿蜒的小径蔓延开来,形成一派壮丽的奇观。在帝王花花园,小薇老师向他们介绍了针垫花。它的花头是橘色的、低垂着,它的花蜜是食蜜鸟的最爱。就在这时，她的无线寻呼机响了。她一脸苦相地查了下消息，大风吹乱了她鬈曲的头发。

"好了，各位，注意注意！"她叫道，"别组的一个孩子被蜜蜂蜇了，起了过敏反应，我必须紧急赶回自然研究学院。但是，

如果你们因此错过观赏食蜜鸟喂哺那就太可惜了，所以我就信任你们能安静地待在这里，等待它们。在任何情况下，任何人都不准四处乱跑。卢克和露西，作为组长，由你们负责管理。如果我二十分钟内还没回来，你们就顺着指示牌往音乐会场的方向走，我会在那里跟你们会合。"

小薇老师一走出视线，混乱就开始了。除了玛汀，好像没有

人对看食蜜鸟喂哺有丝毫兴趣。原本帝王花花园里还有一些其他游客，但他们很快就被孩子们的吵闹声烦走了。玛汀决定了，现在就是尝试跟本说话的好时机。她穿过花丛去寻找他，但是哪儿也没看到他。

"本在哪里？"她问露西。

"谁知道呢？"这个金发女孩冷漠地说，"可能正抱着哪棵树之类的吧。"

雪琳打断了她们："天空是怎么了？"

七个人齐刷刷地抬头望天。之前缥缈的白云变成了一条雾气腾腾的灰毯。它覆盖了大山的上半部分，并在大风的推动下迅猛地滑下峭壁，向着克斯坦博西冲过来。不过真正诡异的部分是天空，天空沸腾了，发出奇怪的紫光。这景象看上去不太像是一场暴风雨要来，更像是某种天气现象，比如龙卷风或者大风暴。

"求你们了，我们现在能回去吗，伙伴们？冻死了。"雪琳抱怨着。极端的天气增添了诡异的气氛，其余的孩子开始在帝王花花园里追逐起飞蛾来。

马林巴琴声、康茄舞的鼓声和非洲歌手的歌声汇成美妙的和弦，随风传来。乐队已经开始演出了。

记忆闪过玛汀的脑海。她很确定，这是她梦里的音乐！这下能解释通了。这就是为什么她看克斯坦博西如此熟悉的原因。她的梦正在变成现实，就是在这个场景里！这座隐隐约约的灰色大山、这道梅子色的光、这想要吞没一切的云，还有这群在帝王花间追逐飞蛾的孩子。现在随时会有人说："嘿，看我发现了什么……"

"嘿！"卢克站在一堆看起来像是用来造篱笆的木桩旁边，用兴奋的声音说，"看我发现了什么？"

其他人冲到他旁边，包括玛汀，尽管警报声像交响乐团的六重奏那样在她耳边响起来。

一只埃及雁躺在地上。这是一只有着红棕色和白色羽翼的大鸟，它的一只翅膀断了垂落着，一只蹼爪软弱无力地蜷曲在胸口。它用一只红色的眼睛盯着一张张凝视它的脸。尽管它无力地拍打着翅膀，却无法移动。卢克把这只鸟从地上铲起来，它嘶哑地鸣叫着反抗。

"我打赌它是被狐狸攻击了。小薇老师说过这一带有狐狸出没。"

"放下它，卢克，"露西对着她哥哥厉声说，"它说不定有病菌。"

"是啊，卢克，它很脏。"杰克表示同意。

玛汀想要说些什么，但什么也没说。

"也许我们应该让它从痛苦中解脱出来，"卢克建议道，"你们懂的，打它的头之类的。"

杰克大笑起来："来一顿野餐烤肉怎么样？一小顿美味的烧烤。我们可以把它插在烤串上，应该够大伙儿每人分一块了。"

玛汀终于发声了，她含泪说道："求求你们别碰它，别伤害它。"

"啊，可怜的英国小女孩，"卢克嘲笑道，"哭得跟个孩子似的。你想要它吗？拿去吧，接着。"

他把大雁抛向玛汀。玛汀盲目地挥舞着双臂去接那团模糊不清的棕色肉体，却没料到它的重量，结果被砸得向后倾倒在地上。无论如何，她还是在倒地之前抱住了大雁。她挣扎着跪起来，大雁还躺在她的怀里。她的脸因为愤怒和尴尬而涨得通红，其余的孩子爆出一阵大笑。

"你们都看到了吗？"杰克高兴地欢呼着，"这可真是有趣啊。"他模仿着玛汀风车一样挥舞的手臂和哀伤的口气说："求求你们了，别伤害它。"

孩子们沉浸在迷狂中，没有人注意到玛汀闭上的双眼剧烈地颤抖着，她正回忆起梦中的那只大雁。那只大雁的咽喉部也跳动着微弱的脉搏，也有着柔软的棕色羽毛，摸上去很温暖。当她看向怀里这只鸟儿时，鸟儿合上了双眼。

玛汀的第一反应是她必须想办法救它。第二个念头是，怎么救？随即一个声音出现在她脑海里，她听得出来那是格蕾丝的声音："你知道该怎么做的，孩子。"就在那个瞬间，玛汀意识到她的确知道自己该怎么做：她一直都知道的。她的双手停止了颤抖，变得越来越热，直到热得发出光芒。几秒钟之后，这只埃及雁抽搐着，眼皮眨动。玛汀松开自己的手掌，大雁扑棱着翅膀，飞向了越来越暗的天空。

眼前的世界又重新变得清晰起来。

她的同学们正用一种交织着害怕、恐惧和难以置信的复杂表情盯着她。卢克脸上的光彩消失了，他往后退了几步，仿佛玛汀着了魔似的："嘿，你怎么做到的？你是什么，某类女巫吗？"

其实，玛汀也很困惑。在她的手掌变得最热的那一刻，她感觉到一股跟地球一样古老的洪荒之力像海浪一样穿过她的身体。在一缕青烟中，她看到了自己只能将其想象为幽灵的一列队伍——戴着羚羊面具的非洲人和喷火的犀牛。在惶惑的眩晕和虚弱的颤抖中，她所能想到的一切是：所以这就是了，这就是天赋。

"到底是什么？"卢克对着她大叫，"是黑魔法？伏都术？"

"也许她是毒药巫。"科萨指控道，"小心点，她可能会变身成一只蝙蝠或者一只鸟。"

玛汀结结巴巴地说："我不是……我不是女巫。"

"你们知道，在南非，有些人说对付毒药巫只有一种办法。"科萨说，"她们必须被消灭掉，否则她们会做出邪恶的事情。"

玛汀绝望地向下瞥了一眼山坡，希望看到小薇老师来叫他们去野餐的坚定身影，但那儿连个人影都没有。

"你们不会这么做吧？"她用很小的声音说。

没有人回答，不过杰克示威性地向她走近了一步。玛汀向着通往研究中心的小径挪动了一下，但其他孩子阻断了她的路。

她哀求地望着露西，可是这个金发女孩摆出了一副傲慢的表情，就像任何人跟她提起本时一样。

这时候她才知道他们是认真的。

玛汀迅速转身，在暮色中飞奔起来，一边跑一边尖叫着喊救命，但是乐队的声音淹没了她的呼喊。她跑下一小段山路，跨过苗圃溪，跑进一片常青林，这时候她才意识到自己犯了错误。前方是一堵令人望而却步的高墙，有 330 级台阶。她踌躇着，喘息着，犹豫着该何去何从，但是其他人经过木桥时哗啦啦的脚步声和叫喊声使她不得不立即行动。她飞速冲上台阶，仿佛身后有地狱猎犬在狂追着她。每登上一级台阶，她的双腿就增加一分痛苦，呼吸像酸性物质一样在胸腔里灼烧。最顶上有一条路，却没有指示牌。玛汀知道她没有力气再走了，于是一头扎进茫茫的香槐林里，就算迷失也比被抓到好。

在幽暗的森林里，她再也听不见城市的喧嚣，只听到溪水叮咚，还有林冠中的小鸟、蝙蝠和蛇的低语。云朵从树枝间渗出，悬挂在窄窄的小路上方，玛汀越爬越高。当她停下来，往火烧火燎的肺里大口地吸气时，恰好瞥到了几英里之下朦胧的城市和植物园的全景。鸟瞰之下，一切都像是乐高积木堆出来的，来往的汽车都像是玩具。她听到身后传来了孩子们进入森林时的叫喊声，便拖着沉重的身体继续前行。野芦笋的刺勾破了她的脚踝，她知道自己即便努力，也跑不起来了，她的腿软得无法再支撑身体。

突然间，一只手臂从树后伸了出来，一把将她拉进了旁边的洞里。玛汀想要张嘴大叫，就像在那个很久以前的梦里一样，但是她惊吓过度，透不过气。她能做到的就只是小声啜泣，接着就倒在一堆落叶里。她做好了接受一击的准备，但什么都没发生。透过雾蒙蒙的黑暗眯眼望去，她辨认出了拉她的人。是本！为了保护她，他用双臂环绕着她。他尽管瘦小，却温暖结实。她能感觉到他怦怦怦的心跳。

"玛汀，"杰克用唱歌的方式叫道，"你在哪里？"这帮人急匆匆地赶来，脚下的落叶发出咔嚓咔嚓的脆响。

本竖起一根手指抵在嘴巴上。他向下爬去，捡起一把小石头，全力扔出去。它们落地时发出了颗颗爆音，像小子弹射出时发出的声音一样。

卢克叫道："在那儿！快啊，大家。"

一群人哼哧哼哧地沿路跑下去，乌云盘绕在他们身后，地上的枯枝不断发出断裂的声音。

玛汀注意到本正无声地笑得发抖。他笑得那么用力，前仰后合，不得不捧住肚子。

"怎么了？"玛汀悄声说，"什么这么好笑？"

本挺直身躯，指向倚在那棵树上的一块指示牌。牌子的底部还湿湿地沾满了新鲜的泥土。上面写着——

警告：生肥料池，请勿入内。

12. 陡崖上的早餐

　　关于在植物园发生的戏剧性事件，玛汀对她的外祖母只字未提。那天的结局就是五个追捕她的孩子掉进了臭气冲天的肥料池，里面混合着发酵的马粪、腐烂的水果、残败的树叶和压扁的虫子。雪琳逃过了此劫，因为她没能跟上其他人的步伐，但是找到他们的搜救队发现，她在遇见一只黄眼睛的猞猁之后，就含糊不清地说着一些难以理解的话。小薇老师愤怒极了，尤其让她愤愤难平的是没有人愿意坦白发生了什么。就连拉斯莫尔夫人也丧失了她的幽默感。她表示要不是觉得这六个人已经受到了足够的惩罚，包括错过乐队演出和野餐，以及在去往风暴十字路口的巴士上被无情地嘲笑（在车上他们被要求坐在最后面，忍受着饥饿、干瞪着眼，活像是一场难闻的泥浆摔跤比赛中逃出来的落难者），他们将在余下的这个学期里用指甲剪修剪学校的草场。

　　谁都想不明白的是，玛汀和本怎么就能安静地坐在乐队旁边的野餐布上，享用着热黄油味的玉米和厚片的鲜奶蛋挞。小薇老师心存疑问，并告诉他俩，她会严密监视他们。不过最让玛汀害怕的，还是"五星帮"的孩子们对她的愤怒。

"我们会找你算账的，"浑身滴着水的斯科特·汉德森登上巴士的时候咬牙切齿地对她说。不知为何，她一点都不怀疑他们会报复她。

对玛汀来说，幸运的是自从那个争吵后的清晨她的外祖母发现她在花园里帮忙，家里就宣布休战。格温·托马斯终于同意，在接下来的这个周末，当腾达伊巡逻保护区的时候，玛汀可以与他同行。腾达伊在星期六早晨四点三十分接她上了吉普车。那时候黎明还未到来，繁星点点的天空中现出一抹黑黑的烟霞。车子载着她开往萨沃博纳的制高点。那是一面陡崖，浓密地覆满了龙舌兰、帝王花和闻起来像咖喱的灌木，仙人掌紧挨着长满青苔的岩石。

通向陡崖顶部的道路破败而危险，因此，最后的那一段路，腾达伊和玛汀决定下车步行。当他们到达目的地时，天空已染上了炽热的色调。在腾达伊拆开早餐包的时候，玛汀在一块留有昨日余温的巨石上舒服地坐了下来。远远的在她下方的是萨沃博纳最大的水坝。随着太阳升起，眼睛逐渐适应了蜜色的光线，玛汀能辨认出一群群的水牛、跳羚和大象正向着水塘迁徙。而白鹭在树中望着，像用硬卡纸做的日本手工艺折纸鸟。

玛汀心想，她从没呼吸过比这更为纯净的空气，从没看过比这更可爱的景色，也没听过比这鸟儿的鸣叫更动听的合唱。她多希望爸爸妈妈也能在这里一起分享此情此景啊！不过一想到妈妈可能来过这里，看过同样的日出，她心里就好受了一些。腾达伊生了一小堆火，沏了一壶浓浓的甜奶茶。他递给玛汀一些热乎乎的非洲面包，这些面包是用玉米粉做的，再用香蕉叶紧紧包裹着放在木炭中烧烤。他们一边心满意足地大口咀嚼着，一边望着底下山谷中的动物。

过了一会儿，玛汀说："腾达伊，我能问你一个问题吗？"

"可以啊。"

"确定？"

"是的。"

"你脸上的伤疤是怎么来的？"

腾达伊笑了，却是一丝苦笑。笑声里没了他平时好得冒泡的幽默感。"那是很久以前的事了，小家伙。太久了，都不重要了。那时我还是个愤怒的年轻人，就是这样。"

玛汀看得出来，他不想谈论这件事，但好奇心占了上风。"是什么动物攻击了你吗，还是你跟谁打架了？"

腾达伊解开了他的卡其布衬衫，玛汀吓得一只手捂住了嘴巴。他的后背和前胸上大面积地纵横交错着五六十道厚厚凸起的伤疤。

看上去像是有人或者其他什么东西想要将他千刀万剐。

"什么动物会这么做？"他厉声说，"没有的，小家伙。动物也许会抓伤你，咬你，甚至会在饥饿或恐惧中将你撕成两半，但只有人才会如此这般重创你，包括心灵上的，不为什么别的原因，就因为你的肤色。"

玛汀倒吸了一口气。

腾达伊的脸上现出一种回忆往事的表情。当他开始讲述的时候，仿佛是看到了发生在另一片土地上、存在于另一段人生里的事情。在他十二岁的时候，他的父母为了找工作，从德拉肯斯堡山区的一个平静的村庄搬到了臭名昭著的位于约翰内斯堡附近的索韦托小镇。

"在很多年里，"腾达伊回忆道，"那感觉就像魔鬼搬来了索韦托，把那儿变成了地狱。不过那只是黑人的地狱。全家人挤在没有厕所和自来水的瓦楞铁皮棚里。夜幕降临的时候，我们生起火驱赶

蟑螂和老鼠，而持枪的地痞就在街上游荡。"他停了下来："也许我不该跟你说这些。你外祖母可能不会喜欢的。"

玛汀从巨石上站起来，移到挨近他的位置。"求你了，腾达伊，"她说，"我想知道。"

尽管在索韦托的生活很艰难，腾达伊仍然觉得自己比大部分人要幸运。他的母亲是一位训练有素的教师，在他们的棚屋里教他功课。他努力地学习，梦想着有一天能够重回大山，买一个属于自己的农场。十七岁的时候，他在一个火车站找到了一份售票员的工作，他对此感到前所未有的骄傲。只是有一个问题：每天他都要走上五英里的路去上班，而几乎每一天他都会被警察拦下来检查证件。在那个年代，除了白人以外的有色人种是禁止无证出行的。

"特别是其中一个警察，根本不认识我，却好像恨我似的。有时候我觉得他就是等着我犯错误，然后抓到我。"

玛汀发现自己正在瑟瑟发抖："那他抓到你了吗？"

腾达伊点点头。"他以我没带证件为由抓了我。我母亲洗了我的衬衫，忘记在它干了之后把证件放回口袋里。这个警察就用警棍狠狠地打我，大声呵斥我没有证件。当我提醒他，之前他查过我很多次时，他就用各种难听的话辱骂我，然后他撕破了我的衬衣。我一直忍着脾气，可是当他撕开我的衬衣——没有它，我就无法去工作——很抱歉我用尽全力打了他一拳。"

那以后的事，腾达伊不大记得了。当他恢复意识时，他正躺在监狱的医院里，浑身都是被犀牛皮鞭抽打过的鞭痕。九个月后，他从监狱里被释放出来时，发现父母已经被当局抓走了，他再也没有见过他们。十八岁时的他是一个落魄的人，在约翰内斯堡的大街上过着潦倒的生活。这时候，格蕾丝召唤了他。

"是格蕾丝教会我，最好的复仇就是宽恕。"腾达伊说，"有时候最能伤害敌人的就是让他们看到你和他们不一样。格蕾丝把我介绍给你的外祖父，是你的外祖父改变了我的人生。他相信南非应该是一个各色人种平等相处的地方，但并不是每个人都像他那么想的。"

"为什么不呢？"玛汀问道。出于某种原因，亚历克斯·杜普里兹恐吓她的脸，浮现在她脑海里。

"我不知道，小家伙。"腾达伊疲惫地说，"我就是不知道。"

他们打包好早餐的物什，用沙子掩埋了炭灰，便朝陡崖下方走去。青草还是湿湿的，带着露水，而清晨的阳光已经开始灼烧皮肤。腾达伊边走边给玛汀上了第一堂丛林谋生技能课。他拾起一片芦荟叶，向她展示如何从中挤出凝胶。它能缓解晒伤和皮疹，疗愈伤口，还能止痒。

这已经令人印象深刻了，但芦荟还是完全无法与马鲁拉树媲美。马鲁拉树实际上相当于一站式药房。腾达伊告诉她：马鲁拉树那金黄的果实不仅能缓解腹痛，而且能提供比一个橙子多三倍的维生素 C；它的叶子是包扎伤口和治疗昆虫叮咬的绝好材料；它的树皮能够减轻炎症，这还不是全部，马鲁拉果的果核含有一种油，被非洲人当作珍贵的滴鼻剂或滴耳剂。这种油还可以在果壳内被点燃，当作天然蜡烛来使用。祖鲁人相信，如果一个人备受麻疹之苦，只需在黎明前起床，不跟任何人说话，走到这棵树下啃咬树皮，就能痊愈。

玛汀惊奇地凝视着周围的一切。过去的每一天，都让她觉得自己越来越属于这里。这里的风景好像悄悄地钻进了她的灵魂，她觉

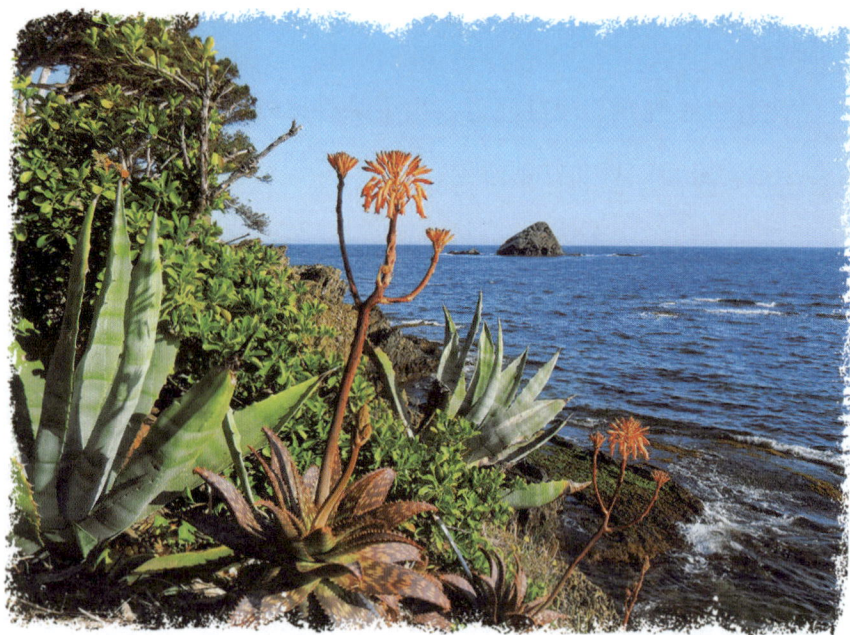

得这是一种语言。每认识一种新鸟，每吹拂到一阵风，每看到一株新的植物，每一次与当地的人和动物初次相遇，都像是学习到一个新的单词。把它们放在一起，就组成了丛林的语言。她希望，只要自己努力学习，就能像腾达伊一样适应这里。

"再给我多讲一些吧。"她央求腾达伊，他答应了。他教她如何辨认多层的橘色蘑菇，将它们烤起来吃更美味；还教她如何用树叶做一个锥筒来收集露珠和雨水。他甚至向她介绍了"手纸树"，这种树有着柔软的复叶。如果离家很远，眼前又内急的话，它们可是现成的手纸！

最棒的是，他教会了她如何制作一个天然指南针。首先，他挑选了一根大约一米长的直棍，将它插在一块平坦少植被的空地上，这样它就能投下一个清晰的影子。"当你确定这根棍子漂亮地立好了，你就用手指或小树枝在阴影的顶端画一个标记。"他告诉玛汀，"等待十五分钟。当阴影移动了，再在阴影的顶部画一个标记。在前后两个标记之间画一条直线，像这样。这就是你的东—西线。这时如果你的左脚踩在第一道阴影标记上，右脚踩在第二道阴影标记上，你就差不多是面朝北方了。还有更准确的方法，但是对于你来说，我想这是最简单的。"

玛汀愿意听上一整天的丛林课，但她知道腾达伊有工作要做，所以她向他表示了感谢，便继续向陡崖下坡走去。这条路植被蔓生，他们经常被仙人掌和巨大的岩石挡住去路。有一次，当玛汀正要从一块岩石跳到一堆柔软的树叶上时，腾达伊迅速地伸出手臂，用力将她拉了回去，力气之大使玛汀滑了一跤，并擦伤了裸露的膝盖。她觉得腾达伊似乎有点故意为难她。她张大嘴巴，正想问他这是干什么时，看到了腾达伊阴沉的脸。躺在那堆树叶底下，完全伪装在一堆棕色、灰色和黄色之间的，是十几条幼小的伯格蝰蛇。腾达伊向她保证，每一条幼蛇都含有剧毒，跟它们的妈妈一样。

玛汀吓得发抖。不到两周的时间里，她已经是第二次被人救了性命。"如果我被咬了，会怎么样？"

腾达伊微笑着说："你并没有被咬啊。"

"但是如果我被咬了呢？"

这个祖鲁人拒绝回答。"不论被什么蛇咬了，你都要尽可能地保持镇定和安静。试着去辨别那是什么蛇，然后缓慢地步行去寻求帮助。"

"事实上，如果你被眼镜蛇的毒液喷到了眼睛，而附近又没有水的话，尿液会是绝佳的抗菌剂，完全可以使用。"玛汀试着去想象她冷静地往杯子里，甚至手里尿尿，然后用它们来清洗眼睛。她想了想便战栗不已。她想起了那天晚上与眼镜蛇相遇时侥幸逃过的一劫，决心以后对蛇敬而远之。

腾达伊看到她的表情，发出一阵大笑。"别担心，小家伙。蛇通常会极力避开人类，很少咬人，除非它们感觉受到了威胁。"

"嗯。"玛汀怀疑地咕哝着。

13.拯救捻角羚

当他们走到吉普车旁，腾达伊把早餐的物什放进了驾驶室，并取出了他的来复枪。他们再次动身出发，徒步穿越山谷。烈日炎炎，就连大地都发出了被烤焦的味道。天空蓝得像是翠鸟的翅膀。在一天中的这个时候，没有树荫可言，长着花边叶子的荆棘树在群鸟齐鸣中显得生机勃勃。蜜蜂、咕咕叫的鸽子，还有头顶着灰色羽冠的吸蜜鹦鹉——一种被她外祖母和腾达伊叫作"走开鸟"的鹦鹉，这些正是玛汀与非洲发生联结的声音。

玛汀紧紧跟着腾达伊。腾达伊走路时把手指扣在来复枪的扳机上，警惕着大象、水牛和狮子，这些保护区里最不可预测的动物。他留心着每一样东西，指着幼小的戴胜鸟、滑稽的变色龙，以及一头雌豹和两头幼兽的足迹给玛汀看。他甚至可以说出这两头幼兽多大了，这个小家庭迁徙得有多快。

腾达伊说得越多，就能越明显地看出，他了解萨沃博纳就像了解自己的心一样。和他在一起，玛汀感到安全。他那粗哑的声线和耐心的解说让她想起了自己的父亲。

突然间，腾达伊停了下来。他发出一声恼火的咔嗒声，随即从口袋里取出了一些钳子。他们正在山谷里搜寻偷猎者布下的陷阱、金属套索和铁口捕兽夹。这些东西会勒死动物或夹断它们的四肢，使它们困在这里慢慢地死去。玛汀看着他触发了一个藏在高高的草堆里、几乎看不见的捕兽夹，又切断了一条绑在树上的生锈的金属丝。

"我不知道还能做些什么。"当他们走进一片凉爽怡人的树林时，他说，"不管我移除了多少陷阱，第二天它们还是会在那里。而最近我们又有大型猎物开始失踪。上个月一头狮子和一头水牛不见了。我希望我们能雇一个看守，可是资金很紧张。"

听着他所说的话，玛汀开始为杰米感到害怕。万一她的杰米（她早就开始把杰米当作是她的了）被捕兽夹夹断了腿呢？

"腾达伊……？"

这个祖鲁人把他的手指放在了唇边，暗示她应该悄悄地向前移动，跟着他蹲伏在一棵树后面。他们一动不动地坐着。过了几分钟，一只巨大的雄性捻角羚优雅地踱到他们面前的那块空地上，站在斑驳的阳光里，它似乎在聆听什么。玛汀觉得除了杰米之外，它是她所见过的最美的动物了。它有着螺旋状的角，浅

黄褐色的大脸上长着一对杏仁形的眼睛，又长又光滑的白毛沿着它喉咙的线条生长着，精美的白色条纹装饰了它从肩膀开始隆起的背部。

"它可真迷人。"她悄声对腾达伊说。他也对着她露齿而笑。

砰！一颗子弹越过腾达伊的头顶，射穿了树干。与此同时，碎屑四射，溅到了它身上，吓坏了玛汀。他们还没来得及躲避，第二颗子弹就射中了捻角羚的喉咙。鲜血从捻角羚的脖子里迸出，像喷泉一样，它瘫倒在地上，一动不动。玛汀尖叫起来。

亚历克斯慢悠悠地穿过树林走过来，他的来复枪口冒着烟，一头金发汗津津地竖着，像一根根钉子。

"不好意思了，伙计们。"他说，"我的枪眼力不好，又调皮捣蛋了。幸好我没射中你们。嘿！我是想打那边那只捻角羚。从我这里看，它好像是困在陷阱里了。"

腾达伊怒不可遏。"那只捻角羚一点错都没有，一点都没有！"他叫道，"哪儿来的陷阱？你哪里犯得着射死它？"

"我能说什么呢？"亚历克斯快活地沉思道，"这种事情总会发生的，至少它能提供几顿美味。"

这番话加倍激怒了腾达伊，两个男人争吵起来。他们都没注意到玛汀溜走了，玛汀以她最快的速度跑向那只倒地的捻角羚。它目光呆滞，美丽的浅黄褐色外衣染上了猩红的血迹。来复枪的爆破力在它长满白须的喉咙上留下了一个锯齿状的大洞。

玛汀弯下腰伏在它身旁。她精神恍惚，就像抱着那只大雁的时候一样。一般来说，仅仅是想到有人射杀一只动物便会让她伤心得无法平静。可是今天她没有感到一丝悲伤，相反，她感到充满能量，仿佛世上最纯净最完美的电流正注入她的血脉。她的双手滚烫，她将它们放在捻角羚的胸口，她感觉到了微弱的、正在消失的心跳。

玛汀飞快地思考着，惊吓和失血使这只捻角羚失去了意识。根据她爸爸教过她的急救知识，她知道此时如果不采取紧急措施的话，它立刻就会死去，但这并不意味着它没救了。子弹射进了这只捻角羚的喉咙，直穿过气管，并留下了一个干净利落的伤口。如果玛汀能止住血，治愈它渐渐衰竭的心脏，那么也许，只是也许，这只捻角羚会恢复呼吸。

远远地，她听到亚历克斯的厉声挖苦："腾达伊，你最大的问题就在于你总是把感情放在生意之前。一只死掉的动物并不总是灾难，我的朋友。有时候，它只是一点皮毛生意。"

玛汀不去听他的声音，将手捂在捻角羚喉咙的伤口上。鲜血冒着泡从她的指缝间溢出，每一秒钟都性命攸关。她扫视四周，绝望地寻找着一些能帮忙堵住伤口的东西。周围什么都没有，只有灰土、丛生的干草和一个大蚁冢。一个蚁冢！玛汀突然回忆起小薇老师在班上说过，尚加纳部落的人曾经利用有着大颚和螯针的兵蚁来"缝合"伤口。小薇老师告诉他们，这个方法之所以如此有效，是因为蚂蚁的唾液有抗菌的功效。

"不好的一面是，"她补充道，"在这些兵蚁咬紧了它们的上下颚之后，你不得不扯掉它们的身体。这样，它们就没机会再松口了。"玛汀觉得这个缺点现在不值一提。

这一刻，玛汀对于将这群可怜的兵蚁斩首感到于心不忍。她看着它们路过她的左膝，无辜地向着回家的路前行，她心里一点都不好受，但她也知道必须救这只捻角羚。

兵蚁是很容易辨认的。它们小小的乳白色身体上顶着球根状的红色头部，黑色的大颚像武器一样在空中挥舞。她快如闪电般地将伤口并拢在一起，抓起一只路过的兵蚁，捏住它不咬人的尾部，将它的双颚对准粉色的肉。它狠狠地钳住了。玛汀不假思索地扯掉了它的身体。成了！兵蚁的上下颚咬合住了捻角羚的皮肤，就像针脚一样。她抓起另一只兵蚁，重复了相同的步骤，跟自己说至少它是出于崇高的目的而牺牲的，并不是被人不小心踩死之类的话。不到一分钟时间，二十只兵蚁的双颚紧紧咬合了伤口，严丝合缝得像一个手艺高超的外科大夫所为，而且没有一滴血漏出来。

玛汀将她滚烫的双手放在捻角羚的心脏部位，每隔几秒钟按压一下。在她的努力下，捻角羚心脏的跳动越来越强，皮肤恢复了温

度。当它睁开双眼看到玛汀时，满眼困惑但并不害怕。它摇摇晃晃地站起来，轻甩了一下尾巴，无力地跳走了。

她看着它远去，心中激荡着难以言表的喜悦。此刻她所能想到的就是：爸爸会为我感到骄傲的。

这时候她才意识到，她不知不觉地在新世界里找到了立足之地。因此，快乐又悄悄爬上了她的心头。在过去的几周里，发生了三次这样的事——拯救埃及雁，找到杰米，现在治愈了捻角羚。就算在她十分害怕的时候，她都不得不在没有任何人帮助的情况下，凭自己的力量去做些事情，而每一次都有一些神奇的事发生。这令她更加相信自己。

即便如此，她还是不敢去看那两个男人，生怕他们看到刚才发生的事情。所幸，他们好像什么也没有看见。亚历克斯背对着她，而腾达伊的视线被这个管理员的身躯挡住了，他们依旧争论不休。她用一些草皮和唾沫擦除了手上的血渍，走向他们。

"捻角羚跑了。"她故作随意地宣布道。

两个男人停止了责骂，瞪着刚才捻角羚所在的位置。

腾达伊揉了揉他的眼睛，一副啼笑皆非的表情。他看看玛汀，看看那块空地，又转向玛汀。

"那只捻角羚呢？"亚历克斯咆哮着，"那只捻角羚在哪儿？它已经死了。见鬼，它怎么可能跑掉？"

"它感觉好一些了。"玛汀说，"它决定在你的枪眼力不好的时候还是不要到处晃荡了。"

亚历克斯向她逼近了一步，好像要用双手活生生掐死她一般。

"又是你！"他怒骂，"记住我对你说的话。千万千万给我小心点。下一次你就没这么幸运了。"他转向腾达伊："至于你，明确地说，你应该清楚，在这个保护区里可没有新南非。"

他捡起枪，气冲冲地走进了树林。

玛汀等待着，直到听见他的卡车加速离开。

"他差点杀了你！"她说。

这个祖鲁人抱着头坐在地上。在他的脸上有两条丑陋的伤口，是子弹的碎片造成的。他抬起了头："请不要跟你外祖母说任何事。"

"腾达伊！"

"求你了。"

"好吧。"玛汀快快不乐地答应了。

他们沉默了一会儿，继而腾达伊说："我的姨妈是对的，是不是，小家伙？你是有天赋的。"

玛汀没有回答。

"那只捻角羚，"腾达伊坚持道，"它已经要死了。你对它做了什么？"

"它只是在休息，"玛汀说，"那只捻角羚只是在休息。"

这样的回答，使腾达伊不得不放弃了追问。

14. 逃命

　　亚历克斯一连串怪异的行为和腾达伊在山谷里毁掉的那些能夹碎骨头的兽夹令玛汀焦虑不安。因此，她下定决心要再次找到那只白色长颈鹿，而不是像之前承诺的那样，等着它来找她。这一次，运气在她这边。在她跟腾达伊出游之后的第八天，一个星期天，她的外祖母接到一个电话，说她的一个密友被紧急送医院了。医院在萨默塞特西部，距这里有几个小时的车程，格温·托马斯不得不在那里过夜。她本想带玛汀一起去，但玛汀说服了她，让她觉得玛汀留在萨沃博纳会更好。

　　"我不想早晨去学校的时候无精打采。"

　　"那倒是实话，尽管听你这么说我很惊讶。"她的外祖母反驳道，"但是在任何情况下，我都不放心把你一个人留在这里。"

　　"我不会一个人的。"玛汀向她保证，"勇士和谢尔比会陪着我。如果我害怕了，我可以打电话给腾达伊。另外，我还有些家庭作业要写呢。"

　　两点钟的时候，她和外祖母挥手告别，脸上挂着她能给出的最值得信赖的微笑。这笑容本身就令格温·托马斯心生怀疑，于是才过去半个小时，腾达伊就出现在门口，来确认她是否安好。幸好玛汀真的有功课要做，已经坐在餐厅的桌子旁边，四周堆满了书。因此她毫不费劲地让腾达伊信服了她绝对是好好的。"有问题的话，我第一时间打电话给你。"她承诺。

做完作业，她上楼到她的房间里，拉上窗帘遮住下午的阳光，设好闹钟，跳到床上。今晚将会是一个漫长的夜晚，她得把所有能睡的觉都先补上。

玛汀进入保护区的时候是凌晨一点钟。神经刺痛着，她知道麻烦随时都会找上门来。她蹲伏在草丛里，仔细地扫视着灌木丛。树林里有灯光在闪烁。这种时候，意味着两种可能。比较好的情况是，腾达伊或者亚历克斯正在巡逻，这样如果她被发现了，她的外祖母会听说她乱跑的事情，从此她的生活将了无生趣；坏的情况是，那是一帮偷猎者——甚至有可能就是杀害她外祖父的人。但无论哪种情况，都将是巨大的灾难。既然不可能在不被发现的情况下回去了，她便以草丛作掩护，挪到树林边，然后猛冲到一丛灌木底下。

没过多久，她听到了说话声。这些男人说得很轻，但在这个晴朗的夜晚，声音从水面上清楚地飘了过来。

"我告诉你，这回最好别再重演你那出大雁追逐的戏码，"一个人说，"如果我们不赶紧上报这件事情，M……"——名字消散在风中——"会变得很难堪。他可不愿意一直等下去。"

"我什么时候让你失望过？"另一个声音说，"如果我还有最后一件事要做，那就是找到那只该死的野兽。"

两个声音近了。其中一个男人走出了树林，他走向岸边，蹲下来用手电筒查看着泥土。

"靶眼！"他叫道。

另一个男人从暗影里蹿出来。玛汀想看清他的脸，但因为离得太远，尽管是满月，也只能看到一个模糊的轮廓。

"怎么了？"

"长颈鹿的足迹。"第一个男人回答道，他站起身来，"现在我们要做的就是把这只长颈鹿找出来。"

这时，耳边传来一阵树叶的低吟，玛汀吓得猛一转身。是杰米！不知不觉中，长颈鹿已经悄悄地来到了她身旁，赫然耸立在她之上。在蓝黑色的夜空中，它的轮廓像一个闪耀的白色巨人。它的眼睛牢牢地盯着那两个男人。

"杰米，"玛汀悄声呼唤，"你得走了。快跑！赶紧消失！"
它没有动。

"杰米，"玛汀尽可能大声地用气声说，"跑啊！"

这只白色长颈鹿仿佛刚刚注意到她。它的目光在那两个男人和玛汀之间来回扫视。它在发抖，它的每一块肌肉都准备着飞奔逃走，但什么东西阻止了它。

玛汀忘记了自己的安危，从藏身的地方跳了出来。"快走，杰米！"她央求着，用拳头捶着它的腿，"你必须得走！"

白色长颈鹿故意用鼻子推搡着她。这时玛汀突然明白过来：它想要她跟着它一起走。

"它在那儿！"一个男人大叫起来，玛汀吓得浑身发冷。身后传来叫喊声和枪械嘎嘎开火的刺耳声，这里无处可逃。在几分钟之内，她和杰米就会被捉住，除非……

"杰米！"玛汀大叫着，跑到最近的一棵可以攀爬的树旁。有那么几个时刻，杰米似乎没有要跟过去，可是突然间它就跟上了。玛汀抓住自己能够到的最高的树枝，将自己拉上枝头。没有时间多想了，尤其是没有时间去想她完全没有骑过任何一只动物，哪怕是一匹设得兰小马。就是连自行车她都骑得不算好，怎么就能直接荡到杰米的背上，还抓住了一手鬃毛。

白色长颈鹿惊慌失措得上下扑腾，差点把玛汀甩了出去。本能的自我保护使她没有摔下来。没等她适应自己离地十英尺的事实——跟一只受了惊吓的猫头鹰处在同一高度——他们就冲进了夜色之中。玛汀学着她在英格兰见过的骑手的模样，身体前倾，双腿夹紧，尽量不向下看。

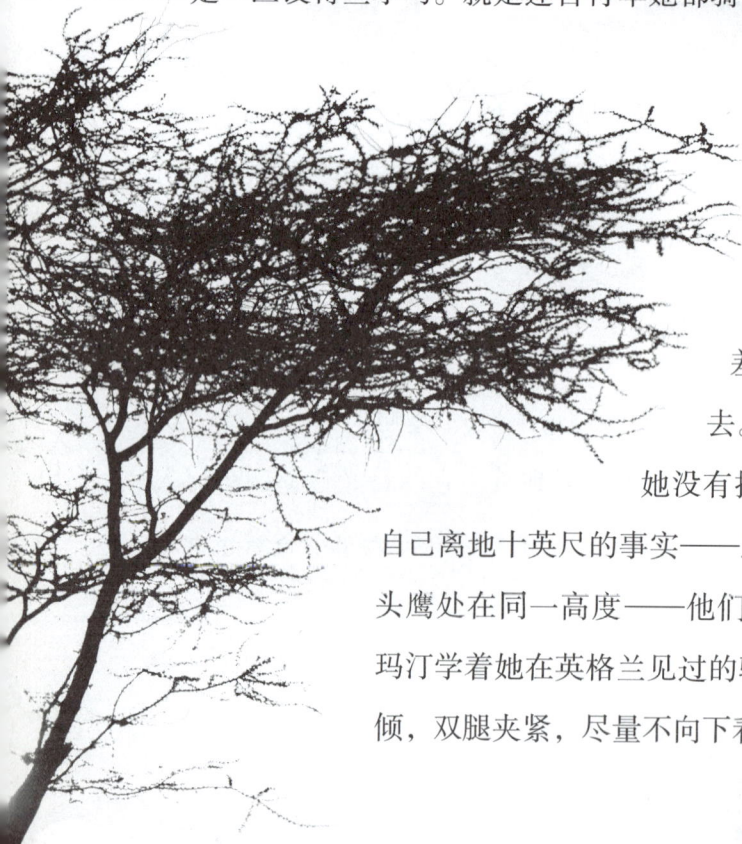

　　他们以不可思议的速度风驰电掣地穿越树林，长颈鹿有节奏地像摇摆木马一般大步飞奔着。它是怎么避开头顶的树枝，同时不被脚下的根茎绊倒的，玛汀不得而知。不过，当她适应了它倾斜的背部，她意外地发现它是很好驾驭的。它的背部宽阔舒适，毛皮如缎。很快，骑在一只年轻的长颈鹿背上在月光里飞奔，就像是世界上最自然的事情了。

　　那些男人的声音在背后消逝了。过了一会儿，除了耳边的风声和一闪而过的夜鸟的尖叫之外，玛汀什么也听不见了。渐渐地，树木散开，出现了一条通往开阔草原的路。她能够辨认出保护区里动物们的影子，也能闻到夜晚灌木的芬芳。斑马们在他们经过时抬头眨眼，

一只夜猴转动着火炬般的眼珠子望着他们，还有几头狮子在他们身后饥肠辘辘地穷追不舍，直到筋疲力尽地躺下来等待下一个更容易捕获的猎物。

大约过了一刻钟，他们到达了大山的矮坡处，这里是萨沃博纳的北部边界。杰米的脚步慢了下来，它的脖子汗涔涔的，呼吸粗重，像一匹跑马场上的赛马，它看起来像是在寻找什么东西。

玛汀沉浸在骑驾一只实实在在的长颈鹿所带来的激动中，一开始就没有注意到周围的环境。若不是因为眩晕的话，在这个高度看世界的体验真是太美妙了。而当她真的去看周围的景色时，她发现他们置身于一块荒芜的空地上。这块空地在一面花岗岩峭壁的底部，地面上散落着碎石，一种荒凉的气氛弥漫在空中。通常，非洲的夜晚总是生机勃勃，充满了蝉鸣、蛙声和唱着夜曲的生物，而这个地方却了无生气，就连气温都感觉比周边地区更低。这里是不毛之地，只有一棵扭曲的树根长在峭壁之中，上面布满了缠结杂乱的

苔藓和寄生的匍匐植物。毫无疑问，由于峭壁四周肆虐的大风，这棵树经年累月，才长成了这么矮小又畸形的丑陋模样，它在巨石中站立着，像一个阴险的哨兵。玛汀想着想着不禁战栗起来。她不知道为什么白色长颈鹿要把她带到这个可怕的地方来，它看上去也很不安，她开始担心起来。

引擎的隆隆声穿过黑夜，朝着他们直奔而来。探照灯越过他们头顶扫射着低坡。

"杰米！"玛汀叫了出来，"你在干什么呢？我们必须快点离开！"她能感受到白色长颈鹿的后腿弓着，仿佛在为一次强有力的跳跃作准备。玛汀将手臂围绕在它的脖子上，使出浑身解数紧抱不放。在这一刻之前，她一直沉浸在骑行的奇迹中，没有余力去思考杰米要带她去向哪里，抑或他们到达了之后会发生什么。而此刻，现实摆在眼前了。她不敢去想万一摔下来她会断成多少段骨头，该如何爬回家去跟她的外祖母解释她所受的伤。当然，前提是她一路上没有被吃掉、被噬咬、被蜇伤、被践踏、被刺伤，或者被偷猎者开枪打死。不过，眼下也无暇去想这些了。

从所站的位置，杰米跨出了惊险而飞快的六大步，紧接着是一次巨大的跳跃。在吉普车闯入空地前的那个瞬间，世界陷入了一片黑暗。玛汀明白了腾达伊为何总是无法跟上它的脚步，因为这只白色长颈鹿会蒸发进稀薄的空气里。

15.祖先的洞穴

他们是如何在这飞向未知的一跃中活下来的，玛汀事后也无从知道。前一秒他们还在那片诡异的空地上，下一秒杰米已经将自己和玛汀径直发射到了峭壁上。玛汀对抗着下坠的重力，又被多叶的藤条和恶毒的荆棘枝勒住、刮擦或刺到。

最后他们浑身颤抖地停了下来，周围漆黑一片。玛汀花了一些时间让眼睛适应光线，她这才看清自己还在长颈鹿的背上毫发无损。她又花了更长的时间镇定下来，想办法安全地滑落到地面上。

回到坚实的地面后，她再次感到自己的渺小和微不足道，但也欣喜异常。至少，她和杰米暂时以智慧战胜了那些偷猎者。她从校服口袋里拿出手电筒，准备迎接一切意外。她心甘情愿地爬上一只野生长颈鹿的背（为何历史上没有人尝试去骑长颈鹿呢？尽管这可能是有充分理由的），飞奔到了一个令人深感不适的地方，那里还长着一棵更加令人不适的树。紧接着，就在她觉得事情不能再变得更为离奇的时候，白色长颈鹿猛地扑向了一座大山。

玛汀感觉没有什么地方是他们去不了的。

她打开手电筒，浑身放松，没有发生什么奇幻的事情——至少不包含任何魔法、黑巫术之类的东西。而杰米事实上并没有跳上光秃秃的岩壁，它只是跳过了蔓生在那棵树上的匍匐植物，进入了树后面的豁口里。这道豁口的角度几乎是与峭壁平行的，并且被一些草丛和极为扭曲的树干遮蔽了，所以从外面是看不到它的。作为动物，白色长颈鹿能找到此地，让玛汀感到惊奇。如果这里寂静无声，也不会有多少动物知道这里。

她举起手电筒，划出一条长长的弧光，发现自己正处在一个精致的小山谷里。这里大约有一英亩大，三面环绕着高高的花岗岩峭壁斜坡，另一面堆着巨大的栗色岩石，叠成了五尺高。这感觉就像是置身于一座不对称的金字塔之中。山边的绝壁如此倾斜，看上去就像是悬空于那堆巨石上方的岩架，为山谷搭起了一个屋顶。从底部往上看，显然如果有人爬上山向下俯瞰，也不会注意到这个山谷，它是完全隐蔽的。

这还不算是最棒的部分。从她能看到的这一方蓝黑色的天空来判断，大自然的神奇之处确保了在岩架和巨石之间有足够的空间让阳光照射进来，至少在每天的部分时段里。这就可以解释为什么这里会生长着几种金合欢树——长颈鹿最喜欢吃的食物，还有那青葱的地毯般的绿草地和山谷平地上那芬芳的白兰花。在凹陷的岩石里还有一潭水洼，清澈的溪水提供着水源。

玛汀知道脚下这地方是白色长颈鹿的秘密避难所。这里能提供一切杰米赖以生存的东西。一切，除了爱和陪伴，难怪它如此孤独。她安慰地抚摸着杰米，而它一动不动地站着感受她的触摸，她再次为此感到惊讶。如果它愿意，她想把所有的爱和陪伴都给它，它就再也不孤单了。

同时，有一百万个问题涌上了玛汀的心头。第一个发现神秘谷的是谁？有没有其他人到过这里？除了动物之外，还有人知晓这个地方的存在吗？

玛汀开始探索这个山谷，她借手电筒打量着四壁。这时候，她看到了两块岩石之间一片黑暗的三角地带，它看上去像是一条隧道。她立即生出一股控制不住的冲动想要一探究竟。她很清楚在当下的处境中，去一个黑洞里闲逛，可能并不是明智的选择，但她无法克制住自己。她看了看白色长颈鹿，它正在溪边大口地喝着水，前腿大张，银色的鼻子皱起来浸在一堆水泡中。

玛汀内心挣扎着，不知道该怎么做。她会不会已经用完了一晚上的所有运气呢？但是那个黑洞似乎有着某种磁力，仿佛在将她拉向它——甚至是在呼唤着她。她有一种奇特的感觉，走进那个隧道就是她注定要做的事。

玛汀特意重新系紧了鞋带，迈着零乱的步伐走向那个黑洞。她感觉她的心跳到了嗓子眼。

这是一条隧道，闻起来有一股浓重的湿岩石的味道，还有居住在阴湿黑暗之地的动物气味——蜘蛛、狒狒之类。猎豹也喜欢这样

的地方。玛汀安慰自己，如果真有肉食动物居住在此，杰米很难活到现在。她再次试着说服自己留在这个山谷里，但在最后一次说服无效之后，她走进了隧道。

这个隧道并不比她高出多少，就算是身材矮小的成年人也不得不蹲伏下来。不过渐渐地隧道变得宽阔起来，不再那么幽闭恐怖了。不一会儿，隧道又往回延伸了。她现在身处山体的下方，从这儿开始，隧道的地面上急剧地凸起了一连串陡峭的台阶，上面长满了滑溜溜的令人讨厌的青苔藓。玛汀用牙齿咬住手电筒，手脚并用地攀爬上去。她提醒自己，回家之后要在外祖母发现之前将沾满长颈鹿的毛、杂草和污泥的牛仔裤塞进洗衣机里，菜园的借口没法再用第二次了。

在她正迈步登上最后一级台阶的时候，一声可怕的尖叫突然在上方响起，玛汀吓得差点向后摔倒。当她抓住一块凸起的岩壁自救的时候，手电筒掉落了，光束剧烈地摇晃四射。几秒钟后，空中就到处是拍动的翅膀和吱吱的尖叫，她惊扰到了一群穴居的蝙蝠！

在英格兰，玛汀认识的女孩们都称自己有蝙蝠恐惧症，尽管她们生活在郊区，除了在吸血鬼的电影里，从没见过蝙蝠。她自己倒从不十分在意这种想法。而打她来非洲以后，她意识到蝙蝠们其实非常可爱。它们根本不是吸血的蝙蝠，而是爱吃水果又会飞的老鼠，除非它们钻进你的头发里。

"呀！"玛汀气急败坏地叫道，试图在不被咬到的情况下，摆脱它们扎人的爪子和黏湿的翅膀。

当这阵黑色旋风平息过后，玛汀捡起她的手电筒，拍落身上的尘土，发现自己正在一个洞穴里，其高度和大小跟一个小教堂差不多。然而，令她深感奇怪的是，在这里的感受和在隧道里的完全不同。隧道只是潮湿寒冷，而这个洞穴却有一种独特的氛围。她深深地吸了一口气，立即陷入了一种头晕目眩、时光穿越的感觉中。这种感觉在她父母带她去过的天主教堂或是历史建筑里也有过，比如利兹城堡，或是伦敦塔楼。在那些地方，她同样能真切地感受到过去曾生活在那里的一代代人。仿佛是特定时代的特定的人在一个地方深深地留下了自己的印记，以至他们的灵魂从未离去。可是她为什么在这里也会有这种感觉呢？

玛汀小心翼翼地移动着，以免再次惊动那些蝙蝠。她用手电筒扫射着洞穴的四周。接下来看到的情景使她惊奇得叫了出来。每一面墙和每一块岩石上都画满了画。有一些只是粗糙的炭笔线描，因年深日久而褪色；有一些是粗线条人物画；还有一些画有着丰富的纹理和饱满的色泽，好像火焰一样要从墙上飞出来似的。每一幅画都生机勃勃地呼吸着。它们穿越了时间，清晰地跟她说着话，就像是它们的创造者本人站在她面前，向她说着一场场失败和胜利的战役，说着盛宴与饥荒，说着瘟疫和富足的年代。

玛汀在一块岩石上坐了下来。她一边感到自己像是在过圣诞的孩子，兴奋不已，一边又感到头晕眼花，疲惫不堪。到底发生了什么？所有这一切是什么？杰米、捻角羚，现在是洞穴壁画，所有这一切意味着什么？哦，要是第一天她与格蕾丝有过一番像样的对话就好了。玛汀确信格蕾丝拥有解开这个神秘之谜的钥匙，至少是部分谜底。毕竟，她知道天赋的存在。

这么短的时间内发生了这么多事情。玛汀试图回想她和爸爸妈妈在一起的生活，但已经有一小部分记忆在褪色。她能够回忆起来的一件事是她曾经被黑暗吓得目瞪口呆，一整晚没有睡着，老感觉有个什么巨大的东西正埋伏在自己的床底下。好几次，她甚至半夜爬到父母的房间里去。然而此刻，在夜深人静之时，她独自在这个洞穴里却完全不觉得害怕。是的，有些困惑，但不害怕，她也没有感到孤独。她感觉她的爸爸妈妈正看着她，好像他们也知道她和杰米的故事。她在黑暗中对自己微笑了。

她知道自己重新获得的信心，很大程度上要归功于白色长颈鹿。对白色长颈鹿的爱，使她在确信再也笑不出来的时候拥有了一个再次微笑的理由。为了杰米而变得勇敢，就像她今晚做到的那样，使她找寻到了内心深处的坚强。在此之前，她从未发觉这个部分的存在。作为回报，白色长颈鹿克服了对人类的恐惧，两次救了她，而今晚又允许她骑着它。如果它不信任她，就不会带她来这里。她发誓，只要活着，就不会告诉任何人关于神秘谷的事情。如果这些岩画被曝光了，杰米的避难所就会涌进很多记者、科学家和游客，古老的灵魂也会被吓跑，这里就会被践踏、破坏。

玛汀盯着这些岩画，有一本她妈妈的书里曾出现过这样的画。

它们是桑人画的，桑人也叫布须曼人。在几个世纪以前，白人还未到来的时候，他们就用铁矿石、陶土和牛胆汁作画了。她在想这些岩画是不是也是布须曼人画的，或者是其他部落的人——也许是腾达伊部落的祖鲁人画的。她从岩石上起身，走上前去细看。她的头还在眩晕，心中仍然有几百万个疑问，但她能亲眼看见这些画真是三生有幸。

她将手电筒高举过头顶，沿着洞穴走了一圈。红色、黑色和金色的图案在她面前徐徐展开，就像泛黄的老电影里出现的场景，玛汀被迷住了。它们尽管很简单，却栩栩如生地传达了美丽与哀愁。这些画的奇异场景包括动物迁徙、部落舞蹈，还有手持弓箭的男人与犀牛、大象的对峙。她发现了一幅画着一只长颈鹿的画，这是一个系列中的一幅。系列中的其余大部分画描绘的都是一群长颈鹿被手拿长矛的人们围住。在每一幅新的画里，长颈鹿群都变得越来越小，越来越多流着血的长颈鹿倒在地上。没

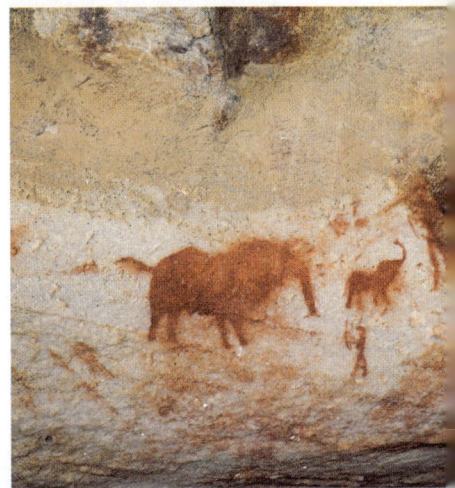

过多久，就只剩下两只长颈鹿了。随后，这两只长颈鹿倒在了地上，一个男人随它们一起倒下。当玛汀看到下一幅画时，真的觉得天旋地转起来。画中是一只白色的长颈鹿在一只大象身上吸着奶。起初，她确信这只长颈鹿的颜色只是光线造成的错觉，但当她把它与前几幅画进行比较后，便发现它的颜色无疑更为苍白。她用指尖描画着这只白色长颈鹿，感到岩石触手冰凉，但不知为何，她感觉它散发着一股能量。

她不得不强迫自己看向最后一幅画。当她看过去时，立即被汹涌的情绪淹没了。这幅画的色彩截然不同，几乎像是用金属油漆画的。在画中，一个孩子正骑着一只白色的长颈鹿。他们的左边有一堆篝火，右边是一排各种各样的动物。

"一个能骑驾白色长颈鹿的孩子拥有凌驾于所有动物之上的能力。"在她刚到非洲的时候，腾达伊曾这样告诉过她。尽管她爱幻想，这使她对骑着杰米玩乐抱有幻想，但她从未想过这意味着什么，因为她从来不曾相信这将会成为现实。为什么她要去想象自己骑上一只长颈鹿呢？这世上也没有其他人这么想过啊。

"一个能骑驾白色长颈鹿的孩子拥有凌驾于所有动物之上的能力。"

这个晚上，玛汀的膝盖再也支撑不了身体了，她不得不在另一块岩石上又坐了下来。

格蕾丝是对的，祖先们知道她来了。

16.偷猎者落网

在这个激动的夜晚，玛汀忘了偷猎者，忘了黎明将近而她还离家几英里。就算假设她能够骑着杰米——毕竟它不是一匹被驯化的马——大致往家的方向去，她也不允许它离开神秘谷，万一还有偷猎者在外面搜寻它呢。

玛汀满心困惑地最后看了一眼长颈鹿的岩画，就跑向了洞穴的出口，她从岩石台阶上滑下来，牛仔裤又新粘上了一层苔藓。隧道看起来比她记忆中的还要长。回到宁静的山谷，听见白色长颈鹿的呼唤时，她满怀欣慰。她跑向杰米，将脸贴在它天鹅绒般的皮毛上，亲热地拥抱了它几分钟。然后她才关掉手电筒，摸索着走向山谷入口的道路。她站在一块岩石上，从豁口的边缘悄悄张望过去。树上浓密的枝叶遮住了大部分的景象，但还是能看到一些。透过一块邮票大小的缝隙，她能看到第一道曙光来临之前的一小块蔚蓝的天空。玛汀还看到了偷猎者那辆生锈的福特小卡车的车头，车子里空无一人。

看到卡车，她有了一个主意。像她最近的很多想法一样，这主意有些疯狂，但如果奏效，将是最完美的解决方案。她要去找那些偷猎者，然后搭他们的车回家。

玛汀穿过幽暗的山谷跑回到杰米身边。她踮起脚尖，而它低下头深情地用鼻子磨蹭着她。"安全地待在这里，我美丽的朋友，"她说，又害羞地补了一句，"我爱你。"

她回到山谷的入口处，小心谨慎地翻过"守卫"着山谷的陡峭岩石，扭动着身子穿过黏糊糊又缠绕纠结的匍匐植物。她趴在那棵有点凶相的树下等待和倾听着。两个光点在树林中上下跳动着。偷猎者们要回车里了！

有那么一秒钟，玛汀感到四肢软弱无力，就像发生大火的那个夜晚一样，但她鼓励自己挺身向前。如果这时候犹豫，一切都完了。将自己扯离藤蔓之后，她全速冲向那辆卡车，然后猛地爬上车子的后头。靠近驾驶室的位置堆着一块防水油布，玛汀一头钻到布底下，一股腐肉的味道扑面而来，令她作呕。但她只能待着一动不动，连大气都不敢喘。

咔嚓咔嚓的脚步声从石头地面上传来。车子摇晃了起来，这两个男人上了车，甩上门时使出了毫无必要的大力气。尽管境况窘迫，玛汀还是笑了出来。她想象着他们跟那些匍匐植物和小爬虫搅在一起，恼怒地责怪对方又浪费了一个折磨人的夜晚。如果运气好的话，本来他们还可以打一场猎。

这辆老旧的卡车发出一声刺耳的哼唳声，震颤着开动了。玛汀的计划是等偷猎者们停车，打开大门或者围栏的时候再跳出去。假设在落地的时候没有受伤，那她只要走几步就能轻松到家了。

与此同时，她还决定尽量好好看清楚这两个男人。以防水油布作掩护，她一寸一寸地抬起身子来，直到视线与布满灰尘的驾驶室后窗底部齐平。第一道粉红色的朝霞开始在天空中露出笑靥，玛汀立刻就明白了为何在水塘边时，她很难辨认出这两人的特征。他们都穿着灰色的长袖衣衫，戴着黑色的巴拉克拉法帽，帽子蒙住了他们的整张脸。她唯一能看见的就是他们的双手——开车的人抓着方向盘的有力的手掌，和他同伙持着来复枪的那双体毛浓密的手。

她又躺了回去。其中一个男人是黑人，手腕上文着一只老虎，另外一个是白人。这并没有给她提供什么有价值的信息，她甚至无法得知这些人是否就是杀死她外祖父和另外两只长颈鹿的人。她从中所能知道的就是不同肤色的人一起侵入了保护区来捕猎动物。

突然她脑中灵光一闪。线索会不会不在这些人身上，而在长颈鹿那里？

照腾达伊说的，警察及萨沃博纳的所有人都相信偷猎者们追逐的是普通的长颈鹿，主要原因是死亡的正是普通的长颈鹿，而大部分人相信白色长颈鹿只是一个传说。可是如果他们一直以来想抓的就是白色长颈鹿呢？

玛汀蠕动着身体，往臭烘烘的防水油布的褶皱更深处钻去。玛汀的想法完全说得通。这帮偷猎者能在白色长颈鹿出生后的几小时内就得到消息，一定是与萨沃博纳有着紧密的联系。这表示他们要么是萨沃博纳工作人员的朋友或者亲戚，要么他们自己就在萨沃博纳工作。想到这些可能，玛汀不寒而栗。她知道亚历克斯在她外祖父生前就已经是外祖父的朋友了。外祖父曾许诺，一旦他发生任何意外，亚历克斯将继承管理员的职位。亚历克斯也威胁过玛汀，开枪射过捻角羚，且不当回事。他还明确表示他知道白色长颈鹿的价值，也很确定它的存在。

可是作为嫌疑人，他也许太显眼了。玛汀的妈妈最爱的一档侦探节目里说，恶棍从来不会是那个怪怪的跛腿邮局职员，又或者是枪支狂热者，古里古怪、恶疣缠身的老处女。恶棍通常是最不显眼的那个人——干净利落的医生，身心健康的家庭主妇，或者新来的教堂牧师。

萨沃博纳最不显眼的人是腾达伊。只是有这样的想法，就让玛汀感到内疚。他声称枪战发生的时候，他正在北方探亲。但是他会不会根本没有离开过这里？他会不会当时就在此地？他找不到偷猎者的足迹，会不会是因为他根本不想找到？

不，这也说不通。玛汀拒绝相信这是真的，她愿意用生命去信任腾达伊。

车子慢了下来，玛汀作好了跳车的准备。她不敢去想如果开车的人或他那提枪的伙伴在后视镜里发现了她，会发生什么。

最后，一切比预想中来得顺利。很大一部分原因是这两个偷猎者为了躲避一只受惊的跳羚而打了个急转弯，玛汀就趁机从侧边飞了出去。她坠落在一丛沾满露水、施了象粪肥料的草上。这样刚好一举两得，既缓冲了她坠落时的冲力，又立即遮住了她的身影。不过，这么一来她的牛仔裤变得更加难闻了。等到她确定自己的左腿是擦伤而不是断了时，那两个偷猎者已经伴随着嗡嗡的引擎声远去了。她四处张望着，查看有没有出来觅食的动物。她坠落的地方离外祖母家的房子没有预料中那么近，但看到那块萨沃博纳标志牌的隐约轮廓时，她知道自己离那条大路不远了。

黎明像鲜红的丝绸横幅一样在她头顶徐徐展开，鸟儿竞相宣布着又一个美好夏日的到来。玛汀一瘸一拐地慢步跑过灌木丛，然后向着保护区大门走去。不到十分钟，她就回到了家。往常，清晨的壮丽美景和咝咝作响的新鲜空气会填满她的心头，而今天她所想的全是杰米的危险遭遇，以及他们差点被偷猎者打死的那一刻。

几个小时以后，玛汀已经洗完澡，穿上了校服。她将牛仔裤塞进洗衣机滚筒的最里面，心想一个人在家真是舒服。就在此时，院子里传来了像是拉力车比赛的声响。她冲到外面，以为会看到外祖母从西萨默塞特回来的身影，不料看到的却是极为反常的一幕：警察们从两辆警车中纷纷涌出，但令她止步的并不是这些警察。在草坪的中央，那两个偷猎者像牛仔片中的反派角色那样被捆绑在一起。他们的巴拉克拉法帽已经被摘掉，露出了令她再厌恶也不可能认错的脸。

腾达伊、亚历克斯和她的外祖母在车道上挤作一团，严肃地交谈着。但是玛汀走上前去的时候，他们就分开了。

　　"玛汀，谢天谢地你没事。"格温·托马斯说着，赶紧迎了上来。她的行李和车钥匙还扔在草地上。"我刚回到家，就发现警察群集在萨沃博纳各个地方。亚历克斯都搞定了，几乎单手擒住了这两个折磨了我们快两年的偷猎者。"

　　"亚历克斯？"玛汀还没来得及阻止自己，便已脱口而出。

她的外祖母给了她一个责备的眼神。"是啊，亚历克斯。"她说，"极其英勇的行为。他在偷猎者离开保护区的时候打爆了他们的前轮胎。然后他通过无线电呼救，并将其中一个人扣在地上，直到腾达伊赶到那里，协助他捉住了另一个人。"

"夫人，这没什么，"这位猎区管理员说，"您雇佣我就是为了这个。我只恨自己没能更早抓到他们。"他将手臂环绕在祖鲁人的肩上，温暖地说："但是没有腾达伊的帮忙，我是不可能做到的。"

玛汀撞上了腾达伊的目光，但他迅速移开了视线。

她的外祖母瞥了一眼手表。"我们得送你去学校了，玛汀，"她说，"你收拾下自己的东西，我亲自送你去。"

在过去的十个小时里，玛汀骑行了长颈鹿，从持枪人的眼皮底下逃脱，在一个洞穴的岩壁上看到了自己的命运，现在又挣扎着应对这一意料之外的转折。她懊恼地走回房子，收拾好便当盒和帆布背包。亚历克斯，英雄？真恶心，真叫人发狂！真的有可能是她误会这个草莓红金发的怪物了吗？

她正踏上厨房的台阶，就听到身后响起了重重的脚步声。"玛汀，"亚历克斯叫道，"等一下。"

玛汀绷着一张阴沉的脸转过身来。但是，亚历克斯收起了往常面目可憎的高傲表情，现出一副小狗般的热情。

"玛汀，"他说，"我欠你一个大大的道歉。过去的几年里我一直醉心于抓捕那些偷走你外祖父动物的人，以至于有时候被乌云蒙蔽了双眼。我不知道送你去学校那天我是怎么了，竟然那样地威胁

你——简直不可原谅。但那时我
是担忧一个对萨沃博纳陌生，且不熟
悉野生动物的人可能会妨碍我的调查，我
只能说我很抱歉。如果我能做些什么补偿你，
请让我知道。"他把手伸进口袋，拿出了一根精
美的翠鸟羽毛。"和解的礼物，收下吧。"他说道。

　　玛汀勉强地接受了礼物，但没有说话。她想起了越
过腾达伊的头顶射进树木的子弹和倒下的捻角羚那挥之不去
的眼神。

　　亚历克斯瘪了下嘴："啊，我知道你在想什么，那只捻角羚。
为什么我要开枪射它？相信我，这么做我也很心痛。但我当时
对任何人都抱有怀疑，所以那是一次测试。我想看看腾达伊是
如何反应的，而他表现得像一个爱护动物的人应该表现的那样，
所以他就没有嫌疑了。但是在这个保护区里，什么都不好说。
关系到大量金钱的时候，就算最好的人也可能会被诱惑。"

　　玛汀没有被说服，但是她也没有完全不相信他。她觉得，在
前进的道路上就是不要相信任何人，也不要说任何话。在
经历过这个夜晚的冒险之后，有一件事情是完全清楚
的：她和杰米只能靠自己了。

17. 哨声

  此时正值南非的夏末，从玛汀第一次遇见杰米算起已经过去了一个多月，这段时间里她的生活发生了难以想象的变化。不是一切都那么容易过去的。她从神秘谷回来以后，已经熬过了痛苦难忍的九天。这一晚，她终于瞥见了白色长颈鹿的身影。只是外面太黑，它的影子又转瞬即逝，以至于她觉得自己只是感知到了它的存在，而不是看见了它。仿佛是天意，她的外祖母偏偏选择了这个夜晚通宵核对保护区的账目。玛汀丝毫没有机会不露痕迹地溜出门去，她只能呆坐在自己的房间里生闷气。

  到了第十天，玛汀已经快要抓狂了，再加上自从植物园事件之后，"五星帮"的人就一直在捉弄折磨她。他们把巧克力放在她的座椅上，这样她站起来的时候，校服上就到处是棕色的黏糊糊的一片。这是早上九点钟发生的事，也就是说玛汀在这天余下的时间里都得忍受全校人的耻笑。她发现"毒药巫""巫女"这样的字眼涂满了她的书本。还有一次，她打开铅笔盒时发现了一只浑身是毛的巴布蜘蛛—— 一种非洲塔兰图拉毒蛛，潜伏在里面。玛汀失声尖叫起来。小薇老师立即下令，这天剩下的时间里玛汀都不准说话。

这些都不算什么。在克斯坦博西事件之后，很少有孩子还会跟玛汀说话。"五星帮"的人已经与她势不两立了。而本呢，她本愿意与他交谈，他却保持着神秘。每当他在去教室的路上经过她身边时，他的嘴角就微微上扬，似乎很高兴见到她，但他从来不说话。就算在他救了她之后，他也没有说过一个字。课间的时候，他不再坐在操场远处的那棵树底下，而是躲到某个不为人知的地方去了。

所有这一切凑在一起，使玛汀又感到伤心孤独起来，尽管她与外祖母相处得融洽多了。白色长颈鹿走了以后，她又感受到了失去父母的那种空虚感。如果杰米掉到了陷阱里怎么办？如果它也永远地离开她怎么办？哦，为什么她没有花些时间教会它某个暗号呢？这样她就能召唤它了。

她四处翻阅卧室和学校图书馆里的书籍，搜寻着更多关于长颈鹿的信息，希望学到些有帮助的东西。但她发现的唯一一个新知识就是罗马人将长颈鹿叫作"鹿豹"，意思是有着豹纹的鹿。这很有趣，但一点用处都没有。

有一天，她突然灵机一动。当时她正好翻到书架上的一本关于狗的书。她外祖父年轻的时候显然是一名很棒的驯狗师。在客厅的柜子顶部有一个玉盒子，里头还放着三支当年的驯狗哨。在一次难得的谈天中，她的外祖母曾告诉她其中一支口哨是人耳听不到的，因为它的音高在只有狗才能听到的频率上。

不过，会不会长颈鹿也能听到呢？

那个夜晚，玛汀溜到花园里，试了试那支无声的口哨。在将近一个小时的时间里，她吹了又吹，但什么也没发生。玛汀哆嗦着站在一棵芒果树下沮丧极了，她认为自己再也见不到杰米了。接着，奇迹就发生了。白色长颈鹿大步流星地从黑暗里走来，站在了那棵树旁。玛汀忍不住多看了两眼。她已经想象了太多次与长颈鹿重逢的场景，以至于有那么一瞬间，她怀疑是自己虚构出了一个想象中的它。然而，它是真实的。不仅如此，它还径直看着她，就像在那个暴风雨之夜，它看着她一样。

玛汀甚至都没有停下来查看一下周围是否有狮子或猎豹，就过去一把拉开了保护区的大门，磕磕绊绊地跑在通往水塘的小路上，吓得各种各样的夜行生物都纷纷逃窜。当她到达长颈鹿的身边时，它低下了头。她热情地扑上去一把抱住了它的脖子，吓得它警觉地打了个响鼻，后退了几步。实际上，它也同样开心能见到她。"杰米，"玛汀说，"谢谢你回到我身边。"

在她的幻想中，于这样的时刻，她总能一跃跳上白色长颈鹿的背，然后风驰电掣地向神秘谷飞奔而去。然而现实是，杰米是一只未经驯服的动物，差不多像一棵普通的树那么高。玛汀对驯服动物一无所知，这好比要她骑着独轮车在马戏团里走高高的钢丝。因此，眼前有一到两个实际问题要去克服。

　　例如，她发现世上还真有"新手运"这种东西。她第一次骑上杰米的时候，它就安静地站在一棵树旁，正好能让她爬到树上，然后跳到它背上。而这一次，它似乎完全没了这样的概念。此刻，她又尝试这么做，杰米也等待着。但是等到她跳到树和它的背之间时，它看到了一些可口的金合欢树叶便走开了。玛汀不得不临时来了个空中滑翔，去抓住它的脖子。她摇来荡去，直到差点脱臼才松手。在空中翻滚了长长的一段路之后，她重重地摔在了地上。

　　杰米不明白自己做了什么，但它发出了低沉悦耳的颤抖声，用它那银色的鼻子摩擦着她，直到玛汀忘却了尾骨的疼痛，想起自己有多么爱它。必须耐心，她告诉自己。她也试图站在它的立场上思考：如果她是一只长颈鹿，而有人摩擦摩擦她的前腿，温柔地用力去拉拉她的膝盖，她想最终她会明白他们是想要她跪下来，所以她在杰米身上试了下这招。在几番试错之后，它做到了。在这个夜晚结束以前，玛汀又骑到了这只年轻的长颈鹿的背上，飞奔在月光里。

　　但这只是个开头，因为接下来她得学会驾驭杰米，并能让它停下来，这可无法在一夜之间实现。况且接下来的几周里，在他们相互了解的过程中，出现了好几回死里逃生的场景——有一次在长颈鹿避开一只怒发冲冠的箭猪时，玛汀差点被它那黑白相间的刺刺穿——但一路走来，杰米是温柔而可爱的。而且一旦它真的掌握了玛汀试图教给它的技能，便是完全掌握了，好像它天生就会一样。

　　对于玛汀来说，这个时候，非洲的大门才对她敞开。这个真正的非洲，隐秘的非洲，这个除了丛林人之外鲜为人知的非洲。与杰米共处的夜晚是玛汀一生中最神奇的时光。很少有其他动物发现她，而那些发现了她的动物，好像已经接受她作为白色长颈鹿的延伸物的事实。她安全地坐在杰米高高的背上，能够看着幼

小的疣猪玩耍，也能够走到离大象很近的地方去触摸它们干燥而沟槽纵横的皮肤。有一次，当杰米正在一个黑如墨汁的湖里喝水时，她发现离她只有几码的地方有一群吹着泡泡的河马。它们有肥胖的身躯、小猪一样的眼睛、小小的耳朵。河马们真是野生世

界里最可爱的动物之一，但它们也在最致命的危险动物名单里。它们巨大的粉红色下巴能把船只和人咬成两半——它们经常这么做——所以当它们在附近时，无论何时何地，玛汀都特别小心，保持不动，保持恭敬。

而她最喜欢的事情莫过于骑着白色长颈鹿奔上她和腾达伊一起享用早餐的那面陡崖。她转个身子，就可以枕在它肩膀的隆起处，把脚搁在它的两条后腿上，躺下来凝视那片星辰密布的苍穹。夜晚如此晴朗，又如此寒凉，在这个夏天滑向秋天的时节，她能够看到南十字星座和猎户星座中的闪烁星辰，甚至火星也在蔚蓝的天空中散发着红色的光芒。

有时候，她向杰米倾诉发生在她身上的故事：关于那夜的大火，以及她的害怕和心碎；关于她的妈妈和爸爸，以及她有多么思念他们；关于她难以融入学校的挣扎；关于埃及雁和捻角羚以及她奇异的天赋。杰米的耳朵前前后后地忽闪着，发出悦耳的颤音。不知为何，她觉得它以长颈鹿的方式理解了所有的事情，而她也感到安慰。

那只哨子，最后被证明是完全好使的。杰米总是会在听到哨声之后作出回应，尽管等待时间的长短取决于它当时在保护区里的位置。玛汀将哨子用绳穿好挂在脖子上，就算在学校也挂着，因为这让她觉得离杰米很近。这也意味着她在深夜里溜出家门时不再需要寻找哨子。不过，尽管时刻想念它，她依然很谨慎地变换着召唤它的时间，并且一周内召唤它不超过两次。她很清楚，每一回她进入保护区，都是一次冒险。

她继续一次次地侥幸逃过外祖母的注意，尚未因此受到惩罚。而她成功地说服了自己——这主要归功于她内心大过于一切的愿望——她和杰米能永远这样下去。

18. 忠告

除了爸爸和妈妈，玛汀在星辰闪烁的夜晚想的最多的人是格蕾丝。她相信，格蕾丝正是那个掌有钥匙的人，能解答她心中关于自己的天赋的问题。她永远不会忘记这个非洲女人做的美味佳肴，不会忘记在那备受折磨的第一天，格蕾丝多么温暖地对待她，也不会忘记她是多么坚定地认为玛汀应该知晓关于萨沃博纳的秘密。可是自那以后，玛汀就再也没见过她。有那么一两次她曾想逃学去找她，但她不确定格蕾丝住在哪里，而腾达伊又不愿意参与其中。

"你的外祖母不会喜欢这个主意的。"关于这个话题，腾达伊总是这样结束的。

那天晚上晚些时候——准确地说是午夜过后半小时——玛汀想着，如果她的外祖母看见她伏在一只白色长颈鹿的脖子上，跟随它全速飞奔向萨沃博纳边界黑压压的大山，她该有多么不高兴。如果腾达伊和外祖母都不告诉她任何关于过去的事情，如果可能告诉她真相的格蕾丝她又无法见到，那么她就要自己去寻找答案，到那个唯一她想得到的地方——神秘谷。

那是一个温和的夜晚。风儿携着灌木的刺鼻气味吹拂着她的脸庞，月亮就像一枚金币。她骑着长颈鹿，忽然想起了从萨姆森那儿听来的一个美好的丛林人传说。萨姆森就是在萨沃博纳孤儿院里照看动物的那位老人。传说月亮曾经是一个惹怒了太阳的人。每个月满月的时候，嫉妒的太阳就会掏出小刀，将月亮切得只剩下瘦瘦的一片，还是月亮祈求太阳，为了它的孩子们留下了这薄片。它的愿望得到了允诺，它便又可以建设自己，直到再一次富裕圆满。

玛汀迅速回到了现实中，发现他们已经到了那片不毛之地。那棵扭曲的树"瞪"着他们，像一头活兽一样守卫着秘密。她十指揪紧杰米的鬃毛，骑着它前进。当它纵身一跃时，藤蔓和树枝刺穿了她的皮肤，仿佛有只章鱼要把她从长颈鹿背上拉扯下来。随后，就跟上回一样，突然间，一切变得寂静而黑暗，她在神秘谷里了。耳畔只有溪水叮咚和长颈鹿急促的呼吸声，扑面而来的是兰花的香气。在她的头顶上，山谷"屋顶"之间的缝隙露出一方蓝黑色的天空，闪烁着繁星。

她从杰米的脖子上滑下来，打开了手电筒。眼前就是那条隧道的入口，像过去一样，它如幽灵般散发着诱惑力，一阵针扎般的恐惧令她毛骨悚然。如果出了事怎么办？没有人知道她在哪里，甚至没有人知道神秘谷的存在。如果有人能找到她，也只能是偶然发现她的尸骨，就像骷髅溪上的奴隶一样，但她最终把这些想法驱逐出了脑海。她最多还有一个小时的时间去寻找真相，她必须到隧道里去了。

玛汀站在洞穴中央，沐浴在流光溢彩的壁画中，深深地吸了一口浓稠的、充满宗教神圣感的空气。这一次，她更为强烈地感受到了之前有过的时光旅行的感觉，以及过去几代人生动鲜活的气息。这其中总有些使人谦卑的东西，令她感到自己像蝼蚁一样渺小，像大风中的微尘任凭某种巨大而不可见的力量摆布。她走到那幅白色长颈鹿与孩子骑手的画前，用手指描画着它闪闪发光的轮廓线。

"我想你发现了祖先的讯息，孩子。"

玛汀想要惊声尖叫，却因为惊吓过度而发不出声音。她像一只离开了水的黑线鳕鱼那样，透不过气地吞咽着。

格蕾丝从阴影里走了出来。她从头到脚都裹在一件祖鲁部落样式的连衣裙里，手臂和脖子上装饰着各种彩虹色的珠串首饰。

"格蕾丝！"玛汀嘶哑地说，"你在这里做什么？你是怎么到这儿来的？还有其他人知道这个地方吗？腾达伊知道吗？"

"问题真多。"格蕾丝说。她笑了，但是就算在摇晃不清的手电筒光线里，玛汀依然能看出这笑容没有浮上眼角。她看上去有点忧虑重重。"来，"她说，"过来跟老格蕾丝一起坐坐。"

玛汀跟随她到了洞穴的角落里，那里有一块被水流冲刷而成的

天然石凳。她们并排坐下，凝视着铜色和赭石色的岩画。玛汀仍然处在震惊中，没缓过神来。她竟然在这里，这样一个神圣的地方，见到了这个她一直非常想见的女人。

"孩子，你要明白的是，故事发生在很久以前，远在我的外祖母出生以前，也在我外祖母的外祖母出生以前，那时候布须曼人生活在这片你们现在称为萨沃博纳的土地上。一切将要到来的早已被写在这里，你在这面墙上能找到自己的命运和那只白色长颈鹿的故事。"

她举起了手臂，玛汀第一次发现这些图画是按照一种顺序排列的。它们那美丽与哀愁的传说像小说情节一样一一展开。

"格蕾丝，"玛汀轻声问，"住在这个洞穴里的人后来怎么样了？"

"他们死了，孩子，除了一个人—— 一个女孩。我们部落里的长者说那是因为一个白人将疾病带了过来——水痘之类的，没有人确切地知道。在最后的死亡临近的时候，他们将自己的故事和祖先的传说画在了这些墙上，而后只剩下一个人。她是在很久很久以前，在山谷外面的一个地方，被我们家族的一个老奶奶发现的。老奶奶是个巫医，一个传统的治疗师，跟我一样。我的妈妈说在那一天，巫医向众神求得了过多的帮助，以致大火从天而降，烧焦了大地，从此那儿变成了不毛之地。"

玛汀想起了那块荒芜的空地和那棵阴森的、畸形的树木，便顺理成章地相信了这个传说。

"那个布须曼女孩康复之后，"格蕾丝继续说，"把那个巫医带到了这里，来到了这个记忆空间。那个巫医发誓只有她的第一个女儿和女儿的第一个女儿——都是巫医，才能知道洞穴的秘密。还有你，孩子，骑着白色长颈鹿的人。"

玛汀以全新的目光扫视着洞穴。"但是为什么是我呢？跟我有什么关系呢？"

"答案就在这些岩壁上，"格蕾丝又说道，"但是只有时间和经历才能赋予你发现答案的眼睛。"

尽管格蕾丝这么说，玛汀还是比从前更加使劲地看着这些画，希望现在就能找到答案，此刻正是她最需要答案的时候。但是画中艳丽的色彩却在眼前模糊起来，只有一幅画仍清晰可见：骑着白色长颈鹿的孩子。

"格蕾丝，"她说，"腾达伊知道白色长颈鹿的事吗？"

"他并不确定。"格蕾丝回答，"腾达伊还是个年轻人，而年轻人总是对古老的一套抱有怀疑。他们称其为胡言乱语的巫术，'苏帕斯蒂逊'。"她用古怪而闪亮的眼神研究着玛汀的心思，"但你不是这样的，对吧？"

"对，"玛汀说，"我不是。"

玛汀想要问问格蕾丝，她是如何知道她会在这个特定的夜晚、特定的时间在这个洞里找到她的。话就在嘴边，但她还是咽了下去，有些事情还是留着不说为好。

相反，她问道："格蕾丝，你为什么今晚来这里呢？"

她再一次看到这个非洲女人的脸上飘过了一丝阴影。"我是来这里警告你的，"格蕾丝沉重地说，"你的时间快到了。黑暗的力量正在到来，他们会不遗余力地找到白色长颈鹿，千万小心。相信你的天赋，它将保你平安。"

玛汀突然感觉到了危险的预兆。她原本说服了自己，偷猎者已经被抓住了，没有人会再来打扰杰米。但是格蕾丝一开口，她便知道这番话是真的，猎人们会回来的。

"我不在乎自己会怎么样，但是我怎么才能拯救这只白色长颈鹿呢？"她恳求地问。

作为回答，格蕾丝解开了挂在脖子上的一个镶珠的小囊，取出了一把塞着软木塞的小瓶子。这些瓶子在手电筒的光照下闪着光芒，里面的东西有橘色的、棕色的、芥末黄的，还有一种古怪而肮脏的绿色。格蕾丝微笑着，这一次她是真的眼带笑意，眼里闪光，眼角起皱。

"格蕾丝要教你一点魔法。"她说。

接下来的一个小时里，玛汀——她知道自己该回去了，却因为太着迷而无心他顾——上了一堂祖鲁传统草药的速成课。她认识了一些植物：比如"岳母的舌头"，一种能够治疗疼痛和耳痛的药；洛依柏丝，能治愈胃痉挛和过敏的南非有机茶；另外还有很多其他草药。在这之后，格蕾丝把满满一小袋瓶子交给了玛汀。

"谢谢你，格蕾丝。"她说，"我会将它们保存在一个特殊的地方的。"

格蕾丝看上去很愉快。"不用谢。你有巫医的天赋，只是有时候你需要一些额外的帮助。"

问题太多，而提问的时间已经所剩无几。在分别之前，玛汀还有一件事想要知道。

"格蕾丝，"她说，"为什么我的外祖母不想要我来这儿呢？"

"她是想要你来这儿的，孩子，她真的想。你外祖母非常爱你，但她有她的故事，就像你有你的。"

玛汀正要告诉格蕾丝，外祖母对她无论哪方面都没有感情，格蕾丝便插话道："现在我想批评你一下。我有一个表兄弟在你们学校工作，他告诉我你任何时候都是一个人。你为什么不结交一些可以一起玩儿的朋友呢？一个人可不好。"

玛汀垂下了双眼，感到尴尬。"但我有朋友了，那只白色长颈鹿就是我的朋友。"她说。

"没错，这只长颈鹿是你的朋友。但是每个孩子都需要同龄人，人类，去交谈，去分享。"

"可是，也许就是没有我想跟他做朋友的人。"玛汀为自己辩解道，"谁会理解杰米？谁会理解这些？"

很长一段时间里，格蕾丝没有作任何评论。最后她将一只手放在玛汀肩上："你会在最意想不到的地方，找到你一直在寻觅的那位朋友。"

19. 杰米失踪了

　　三天以后，在一场球赛结束后，玛汀穿过操场，脑子里还满是她与格蕾丝相遇时的画面。这时，她听到了黑马峡谷传来的高声叫喊，她的第一个想法就是有人遇险了。黑马峡谷是一道深深的峡谷，谷底是一条湍急的河流，从峡谷出来后还从学校的外墙流过。那里危险莫测，就算只是进入面朝峡谷的黑暗松林就会受到十天的课后留校处罚，但是玛汀没有犹豫。她翻过围墙，跑进了树林。当确定没人会发现她时，她蹲下来聆听。

她立即听出了那是"五星帮"的声音。他们似乎正在奚落什么人。"你以为你很聪明，是不是？你以为你真的可以愚弄我们而逍遥法外吗？"

"要么告诉我们事实，要么你就下河里游泳。那天在植物园羞辱我们的计划是从你那扭曲的小脑袋里想出来的，是不是？回答我们！别假装你不会说话。老师们可能会被你的装聋作哑蒙骗过去，我们可不会。"

他们的"俘虏"没有回应。

"他的存在真是浪费地方，是不是？"斯科特说，"我的意思是，你们看看他。""你真是个小矮子，你知道吗？我看鸡身上的肉都比你多。"

"你是个疯子，有没有人告诉过你？你是个怪胎。"

"你就像避难所里那些可怜兮兮的小狗当中的一只，"卢克挪揄道，"说'我是杂种狗，卢克'。你是什么？快说'我是杂种狗'……"

在此之前，玛汀一直蹲在一块大石头后面，不敢介入。但听到这些话，记忆中腾达伊的故事像燃烧弹一样在她体内烧了起来。她愤怒地大叫一声，从树林里冲了出来。卢克和斯科特正挟持着本，强迫他站在峡谷的边缘。露西正用她那尖利的高频嗓音放声大笑着。彼得坐在旁边的地上，脸色有点苍白。

"你是什么？"卢克对本说。

他没看到玛汀，直到她蹿到他跟前，他才结结巴巴地说："玛……玛汀，搞什么鬼……？"

“让我来告诉你本是谁。”玛汀听到自己这样说，“他是我的朋友，这就是答案。他也是在学校冠军杯百米赛跑中以领先你五十米的成绩打败你的人，卢克。他是一直借作业给你抄的男生，露西，因为你太笨了自己做不了。至于他的父母，至少他是有父亲的，斯科特，你上一回见你的父亲是什么时候的事了？”

她爆发之后一片寂静。黑马河在他们底下怒吼着。

“我的父……父亲……”斯科特结巴着，“哦，算了吧。这一点儿都不好玩。走吧，卢克，露西，彼得。我们走吧，让这两个失败者享受他们可悲的小友谊去吧。”

他突然放开本的手臂，本在峡谷边缘摇摇欲坠了好一会儿才找回平衡，往后退了几步。

“我跟你没完！”斯科特咆哮着。

“随他去，斯科特。”彼得厉声说，“差不多就行了。”

他们吵吵闹闹地离开了，踢着松果，边走边骂，剩下玛汀和本单独在一起。

玛汀突然害羞起来。“你还好吗？”她犹豫地问。

她第一次意识到本长得很帅。他有着黄宝石般的眼睛，跟狮子一样，还有着乌黑发亮的头发和雪白的牙齿。他说话时声音很温柔，他发出的每一个词都清晰分明，像新闻播报员一样。

“我很感谢你的帮助，”他说，“但我更想一个人战斗。”

“黑马峡谷”事件过去几天后，玛汀在学校再一次感到紧张。

她相信"五星帮"会以某种方式找她的麻烦，但这样的事完全没有发生，他们不再孤立她。她勇敢地与他们对抗，似乎赢得了他们的尊重。露西·范希尔登送给她一盒手工制作的浓缩牛奶面包干以示道歉。五个成员都破天荒地对她格外好。

玛汀一开始对他们很冷淡——她仍然生气，仍然记得他们在峡谷里是如何对待本的，在植物园里又是如何对待大雁的。但他们不断地告诉她，两件事都只是游戏，只是玩得过火了，而他们也真的对此感到愧疚。慢慢地，她开始相信他们改变了。这并不代表她想跟他们成为知心朋友，但当他们的亲密朋友雪琳送她一片胡萝卜蛋糕，想坐在她身旁时，她不再拒绝。当科萨向她问及萨沃博纳的野生动物时，她也欣然回应。她一直记着格蕾丝的话：你会在最意想不到的地方找到你寻觅的那位朋友。也许在这个问题上格蕾丝也是对的。

当然，本还是本。他依旧将他所有的自由时间都用于独处。自从玛汀在黑马峡谷出面调停之后，他似乎一反常态地躲避着她。露西也给了他一盒面包干表示道歉，但他们后来看到他把这些给了无家可归的流浪儿。课间休息时，他又盘着腿坐回到远处的大树底下，手背放在膝盖上，手心向上。有些日子里，玛汀相信他是在冥想。

既然她知道了他并非哑巴——实际上他有着非常美妙的嗓音，而且，像她一直认为的那样，非常聪明——她便花大量的时间苦苦思考着为何他从不跟学校里的任何人说话。最后她得出一个结论，他就是不想被打扰。也许他对学校和学校里的人都不感兴趣，也许他在这里只是因为他不得不在这里，也许他只有在大自然中才是最快乐的，像腾达伊一样。但是就在玛汀决心一次性揭开本的谜底时，两件事情吸引了她的全部注意力。她强烈地感觉到，有人翻看了她的储物柜，但并没有什么东西被拿走或改变。如果有变化的话，都是非常细微的变化——作业本的边角卷起来了，仿佛它们被翻阅过了；东西之间移动或变换了顺序——但事情依然很诡异。继而她画的一小幅杰米的水彩画不见了。她花了很长时间搜寻这幅画，连上课都迟到了。

"啊，玛汀，"当玛汀冲进教室时，小薇老师说，"你能加入我们真是太好了。"

玛汀正嘀咕着想道歉，她的老师打断了她："我们正在讨论非洲的民间传说，露西问了一个关于长颈鹿的问题。"

"长颈鹿！"玛汀叫了出来。

"是的，那些有着滑稽的长脖子的生物，"小薇老师说，"你对此有看法吗？我们想你生活在保护区里，该是班里的专家。"

玛汀正想说自己对长颈鹿一无所知，却有什么东西阻止了她。这种能让她谈论自己最喜爱话题的机会并不多。况且，她淘气地想，自己应该能从中得到一点乐趣。

"没有，"她说，"我是说，我对此并没有看法。"

"很好，那么也许你能告诉我们你知道些什么。"

于是玛汀害羞地脸红了一下，告诉全班同学古人是如何将长颈鹿视为最无辜、最美丽、最腼腆的野生动物的，但同时它们也足够勇敢，甚至能与恶龙战斗。文达人又是为何称长颈鹿为"图特瓦"，意为"从树林中升起"。而其他部落的人又是如何看见一只长颈鹿在南十字星座的星群里出现的。她也跟他们讲述了一些事实，比如长颈鹿的速度可以达到每小时三十五英里，而它们要花十年的时间才能完全长大，母的能达到十七英尺高，公的则能达到十九英尺。

小薇老师显然吃了一惊。"你那用来研究野生动物的勤奋劲儿，

哪怕只花一半在学校的功课上，成绩也会大幅提升。"她略带讽刺地说。

"小薇老师，"雪琳问，"有没有人曾经骑过长颈鹿？"

"没有，没有人，雪琳。我也不知道为什么，也许它们没有马那么聪明。当然，它们骑起来也不会那么舒适。"

玛汀没有说话，心中想着：他们要是知道就好了！要是他们能看到月光里我骑着杰米飞驰过萨沃博纳的平原就好了！

"也许是因为它们太蠢了。"露西说着，狡猾地瞥了一眼玛汀，"我是说，它们看起来什么事都不干。它们不猎食、不筑巢、不织网，我看不到它们活着有任何意义。它们所做的就只是来回游荡，看上去漂亮。"

玛汀顿时怒火中烧。"它们当然有意义了。"她转向露西，厉声说，"它们是其他动物的望风者。它们非常聪明，而且拥有惊人的视力和听力。如果偷猎者接近，它们就会警告其他动物。它们的耳朵那么灵敏，甚至能听到只有狗才能听到的哨声。"

话一出口，她就后悔了，但已经太晚，覆水难收。

"你怎么知道的？"卢克挑战道，"我是说，关于哨声。"

"我就是知道，好吗？"玛汀回答，急于转换话题，"我在书里还是哪里读到过。"

班上最后一排的科萨停下了手中的电脑游戏，坐直了。

"小薇老师，"他说，"如果玛汀知道那么多关于长颈鹿的事，她为什么不告诉我们那只生活在萨沃博纳的白色长颈鹿的事呢？"

"传说中的那只？"小薇老师问道，"这是真的吗，玛汀？我并不知道真有其事。你是说事实上真的有一只白色长颈鹿？"

玛汀涨红了脸。

"白色长颈鹿是不存在的，人人都知道。"

"啊，让我们先说它确实存在。"小薇老师说，"我想要你在板子上给我们画下它，用你的想象。"

之后玛汀去上游泳课时，感到满心战栗和愧疚。当她脱口而出那些关于哨声的话时，一种不祥的预感就报复性地笼罩了她。她试图安慰自己，听到这番话的人只是一帮痴迷于发胶和流行乐的孩子，以及身为素食主义者的小薇老师。他们都不太可能出去猎捕白色长颈鹿。然而，她依然紧张得胃里七上八下地翻腾。

那是一个星期五的下午，玛汀回到储物柜旁时，校园里几乎空无一人。游泳过后，她又一次试着寻找那张小水彩画，可还是没找到。她打开柜门朝里头注视着，微蹙着眉头，再次感到有人动了她的东西。她眼角的余光瞥见了格温·托马斯的车子开进了停车场。玛汀从顶层隔板上取下背包和空空的便当盒，她知道外祖母正在等着她，但她还是继续朝柜子里头盯着。她在那儿站得越久，越觉得烦躁和担忧。还少了什么别的东西，她很确定。

回萨沃博纳的路程还没过半，她就想起来了。

那只无声的哨子不见了。

20. 身世之谜

一整个晚上，玛汀辗转反侧难以入眠，破晓时分便睡眼惺忪地醒来。她浑身难受，不仅是因为哨子被偷了，还因为有人更换了保护区门锁的密码，所以她无法进去找杰米了。这还没完，在那个糟透的夜晚，有一刻她曾打开窗户，在狂风中探出身子，希望能看到白色长颈鹿的身影，不料反而看见了一束白光扫过。几秒钟之后，黑暗再次笼罩了保护区。那时，她确定偷猎者们回来了，没抓到白色长颈鹿，他们是不会离开的。

尽管害怕，玛汀还是强迫自己迅速地穿好衣服，踮着脚尖轻轻下楼，走出前门。室外的大风猛烈地拍打着她，她的皮肤感到阵阵刺痛，树木像海浪一样摇荡。玛汀赤脚跑在通往腾达伊家的沙路上。除了格蕾丝，也只有腾达伊可以信任和求助了。孤儿院的动物们在玛汀路过的时候受到了惊吓，在笼子里蹦跳着。她多希望自己能停下来安抚它们，但这里浪费的每一分钟，都将给偷猎者的逃跑提供更多的时间，所以她继续向前跑。欣慰的是透过摇晃的树影，她看到了腾达伊家前廊的灯光。她一边喘着大气，一边按下门铃，可无人应答。这时，她才发现门是半开着的。她用一根手指推了下门，门开了。

"腾达伊！"玛汀呼唤着，"腾达伊，你醒着吗？"

然而，整幢房子寂静无声。床铺没有睡过的迹象，饭桌上还残留着吃了一半的饭菜，似乎腾达伊是在匆忙中离去的。当她转到屋后时，发现腾达伊的吉普车也不在。

玛汀瘫坐在一条花园长凳上，挫败极了。也许说到底，腾达伊也涉身其中。她拖着两条麻木的腿机械地走回家，脱下衣服，虚弱地爬进被窝。她希望自己能有足够的胆量叫醒外祖母，向她坦白所有的事情，但她又无法面对这一切，她已经历了太多。她就那样躲在被窝里，像一个懦夫，指望一切都能过去。当睡意终于征服了她时，她被重重的梦魇萦绕着。在梦中，腾达伊和"五星帮"结成了同盟，一起在树林里追捕她。她奔跑着，而身边的树枝纷纷着火了。她知道只有告诉他们在哪儿能找到白色长颈鹿，他们才会停下来，并将她从火中救出来。她坦白了，但他们只是大笑着离开，留下她一个人面对大火。

在清晨猛烈的阳光里，噩梦看上去比以往更真实。玛汀想象着杰米听到了无声的哨音，毫不怀疑地循声奔赴自己的厄运，她觉得自己是世上最坏、最邪恶的人，她想死。最恐怖的画面不断涌入她的脑海。她看到杰米被剥了皮，变成了一条皮毯挂在某个有钱人家里，或者被鞭打，被迫在一个马戏团里表演杂技，又或者在某个西伯利亚的动物园里被活活冻死了。

最糟糕的是，一切都是她的错。她本应该保守白色长颈鹿的秘密，却因为粗心而走漏了消息。她根本没有理由把那只哨子带去学校，更别提那幅杰米的小水彩画了。她怎么会如此愚蠢呢？这简直就好像是她存心想要被人发现一样，想要所有人都知道她就是传说里那个骑着白色长颈鹿的人。在置身事外多年以后，她成为特殊人物的机会来了。

而现在，她一点儿也没感觉到"特殊"。

玛汀决定，她必须马上离开萨沃博纳，她不配待在这里。她会搭最早的一班飞机回英格兰——或许她会像曾经读到过的一个故事中的男孩那样，逃票乘机——格赖斯先生会为她在儿童之家安排一张床位的。

房门敲响了。

"玛汀？"

"走开！"玛汀吼道，把头埋进枕头里。"我不去学校。"

房门打开了，外祖母走了进来，在床沿坐下。"我知道。"她安静地说。

玛汀把枕头从脸上拿开："你知道？"

"是的，我知道，我知道白色长颈鹿的事。如果我早一点告诉你，这一切就都不会发生了。"

玛汀的心跳差点停止："发生了什么？"

格温·托马斯沉重地叹了一口气，将一束银色的鬃尾递给玛汀："腾达伊发现这个缠绕在保护区的大门上。昨晚他接到一个骗子的电话，一个声称是路人的男人说他看见一些水牛冲破了保护区围栏的一个洞，正散乱地游荡在马路上。当腾达伊赶到的时候，那里没有洞，也没有水牛。这是想把他引开的调虎离山之计。他花了一个小时搜寻他们，之后才回到保护区，但为时已晚。我很难过，但不得不告诉你，玛汀，白色长颈鹿不见了。"

她站起来，绕过床走到窗口。"你知道，玛汀，那晚你想知道关于你妈妈的事，你确实有理由对我生气。萨沃博纳有太多秘密了。但我以为我那样做是在保护你，我以为我也在保护白色长颈鹿。可是现在看来，一切我都做错了。"她转向玛汀，"我很抱歉，我伤害了你。"

玛汀不知道发生了什么，只觉得有人还在跟她说话，这使她感到放松下来。她跳下床，拉住了外祖母的手。

"没关系，"她说，"没关系，但我不明白你说的关于白色长颈鹿的话是什么意思，这全都是我的错。"

她的外祖母低下头，沉默了许久。当她终于抬起头时，她的脸上带着深深的悲伤。"坐下，"她说，"有一些事情我要告诉你。"

在玛汀坐下之后，她的外祖母走出了房间，而后带着茶水、热乎乎的涂着黄油的英格兰松饼和一个大包裹回来了。在确定玛汀填饱了肚子之后，格温·托马斯才继续这个话题。谈话是从她由塑料袋里拿出一件礼物并递给玛汀开始的。

"从你来到萨沃博纳的那一天开始，我就一直打算把这个给你。"她说，"但不知为何总是没有对的时机。"

玛汀皱着疑惑的眉头接过礼物，小心翼翼地拆开。里面是一本厚重的长方形剪贴簿，用手工纸制作而成，还压着开普敦的野花。"好美啊。"她对外祖母说。

她打开它。第一页是一连串的照片，照片中是一个正在与一只小狮子玩耍的小女孩，棕色的波浪形鬈发，炯炯有神的绿眼睛。

"我妈妈。"玛汀低声说。下一页是薇若妮卡写的一首诗，后面附着一些照片，有的是她骑马穿过萨沃博纳保护区，有的是她正在学校的演出中谢幕，还有的是她在河中泼溅着浪花。本子里还有薇若妮卡和大卫的婚礼照片以及度假照片，两人在新婚的日子里相互搂着笑着。最后一页照片是一张她的爸爸和妈妈站在萨沃博纳的房子前，摇着摇篮里的一个小婴儿。

"那就是你。"格温·托马斯说。

玛汀感到整个世界移轴了："我是在非洲出生的？"

"你生在萨沃博纳。"

"那为什么……？"

"你的故事就是从这儿开始的。"她的外祖母说，"你知道吗，玛汀，在你出世的那个晚上，格蕾丝过来告诉我们，她能预见到你就是非洲传说中的那个孩子，拥有凌驾于一切动物之上的能力。她说，数年之后，会有一只白色长颈鹿出生在萨沃博纳，而命运会将你们捆绑在一起，你们拥有孪生的灵魂。"

外祖母的嘴角努力挤出一丝淡淡的微笑。"好吧，你应该能想象到我们的反应。格蕾丝一直拥有预见未来的天赋，但事实上我们之前从未听她预言过未来。不知怎的，这听上去那么牵强。所以，起初我们表示怀疑，后来也只当是个玩笑。你妈妈咯咯地笑着说，她迫不及待地想看看小马俱乐部里的妈妈们看到她女儿翻身骑上一只白色长颈鹿时的表情。

"但是格蕾丝生气了，告诉你妈妈这不是个笑话。她将我们领到窗前，在那儿我们看到了此生难忘的奇观。狮子、斑马、猎豹、跳羚以及其他平日里互相猎捕或厮杀的动物们，都和睦地靠着围栏排成一排，齐齐望向这幢房子，仿佛它们知道些什么。那以后，我们就把格蕾丝的话当真了。她说，与这种能力——她称之为"天赋"的东西—— 一起到来的是巨大的责任。尽管那会给你的生活带来许多美丽与快乐，但你也将经历极大的磨难和危险。

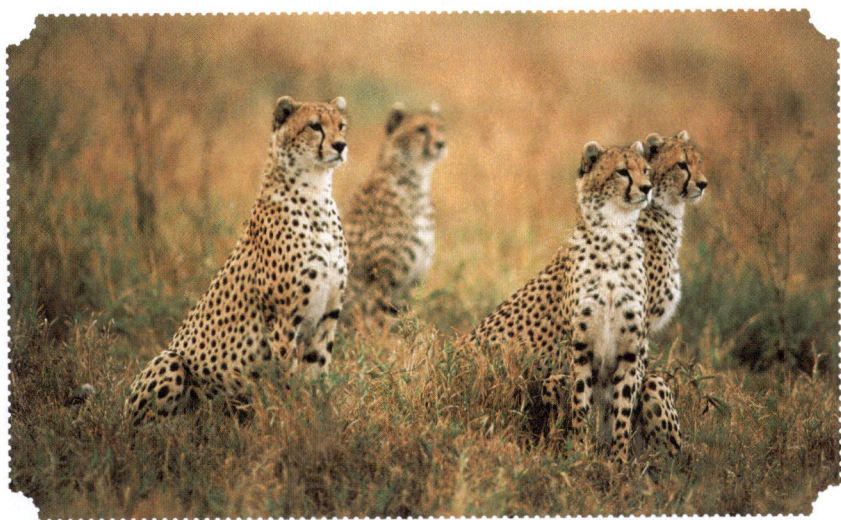

"你的妈妈很愤怒。她不敢去相信格蕾丝所说的，但她更不敢无视格蕾丝的话。对她来说更为艰难的是，格蕾丝坚持说，早晚你都将归顺你的命运，不管你想不想。但是，薇若妮卡拒绝接受这一切。"

玛汀被镇住了。"之后发生了什么？"

"在跟你爸爸商量过后，你妈妈决定带你离开非洲，让你远离动物，断绝与萨沃博纳的一切联系，这样也许就能中止命运的进程。

　　"你的外祖父和我感到极为震惊，但是我们理解她的初衷——她相信这是不让你受伤害的唯一方式——而我们也感到这个计划或许可行，所以我们就这么定了。在你出生两三天后，从你经得起旅行开始，你就去了英格兰。"

　　"这对你们来说肯定很难。"玛汀控制住情绪，"跟我的妈妈和爸爸告别，你们知道可能再也见不到他们了。"

　　"这是我经历的最艰难的事情了。"外祖母动情地说，"但是很长一段时间里这都是值得的，因为薇若妮卡很开心。她相信——我们也都相信——一切都奏效了。而四个月后，圣诞将近时，我去了格蕾丝家吃晚饭。当我到那儿的时候，她正在用骨头占卜——西方的占卜师用的是水晶球和塔罗牌，而南非巫医则是以扔骨头来占卜——她来开门的时候满头大汗，说着胡话。这样的状态，我还以为她是发烧了。她说骨头告诉她一场悲剧将把你带回到萨沃博纳。她想让我立刻打电话给薇若妮卡说些什么，哪怕是不得已编个谎话，说我病了也好。只要你能主动回来，上帝也许能作出让步，悲剧也就能避免了。

　　"我当然万分惊恐，很难不这样，但我试着跟她理论。我说也许骨头弄错了，事实上，我也不愿对自己的女儿说谎。此外，她也不该指望只凭她的预见，就让整个家庭第二次跨洲搬迁。毕竟，我们还没看到第一个预言会成真的任何迹象。最后我们以一场激烈的争吵不欢而散。她是我的朋友，但我们从此以后没再说过话。她一直固执地坚持你不应该离开这里。她总是说祖先们预测到了你的到来。我就告诉她，她疯了。说真的，我多希望她是真的疯了。"

格温·托马斯重重地叹了一口气。玛汀来萨沃博纳后，第一次明白她的外祖母失去了多少。她紧紧握住外祖母的手，而外祖母对她报以感激的微笑。

"我还是把格蕾丝的话告诉了你妈妈。"格温·托马斯往下说，"对薇若妮卡来说，这是压垮她的最后一根稻草。她说数年来她一直忍受着与我、她的爸爸和她挚爱的非洲分隔两地的心痛，但最后她找到了幸福。大卫有一份好工作，你茁壮地成长，而你们对未来有着许许多多的计划。仅凭这番最后可能什么都没有只是迷信的胡言乱语，她不会再次让你被迫移居。

"这是我们的最后一次交谈。几天之后，我接到一个电话说你的妈妈和爸爸由于家中失火而失去了生命。我责怪自己，如果我再努力点说服他们离开，事情就不会发生了。之后宣读了遗嘱，我被告知是你唯一的亲属。之前我们一直有共识，如果你的父母过世，我不会是你的监护人，否则就意味着你将回到非洲来，但是遗嘱在近期被修改了。为何薇若妮卡会改变她的心意，我们永远都不会知道，这似乎是最残酷的讽刺。我们付出了所有的努力来使你远离萨沃博纳，而你最后注定要回到这里。"

玛汀突然意识到她一直屏着呼吸："啊，现在我明白为什么你不想要我来这里了。"

"是的，"她的外祖母说，"我为之前对待你的方式感到非常惭愧。我必须承认，最初我怨恨你。每一次我看着你，都会想起正是因为你，你妈妈才会离去，我才会十一年来都看不到她。之后，我不敢接近你。我怕如果我对你好，而你从我身边被带走，我会又一次经历像失去薇若妮卡的痛苦。"

"你不是唯一失去我妈妈的人。"玛汀尖锐地说。

"我现在认识到这一点了。但是当我恢复理智的时候，我已经把你赶走了。"

"我没有被赶走，"玛汀宽慰她，"也许我们可以重新开始。"

她的外祖母触摸着她的手说："你非常聪慧，难怪祖先们选中了你。"

说到这里，玛汀突然想起了这个夜晚发生的可怕的事情。

"但是杰米怎么办？"她烦躁地说，"你说的保护杰米是什么意思？"

她的外祖母看起来很困惑。

"杰里迈亚，那只长颈鹿。"

"啊，当然！嗯，在偷猎者袭击了你外祖父的几天之后，本地的祖鲁酋长来见我。他告诉我在偷猎者们到达萨沃博纳的几个小时前，我们的母长颈鹿生了一只雪白的幼崽。母长颈鹿和公长颈鹿都为了保护它而死去了——这也可能是因为亨利赶到现场引开了那些人——这只幼小的长颈鹿才成功逃过了一劫。据酋长说，它是被一头大象救下来的。这头母象刚刚流产，就将它带到了一个秘密的地方。酋长说这只长颈鹿有特殊的能力，是这世上最罕见的动物，绝不应该让任何人发现它。他说如果有人向我问起它，我必须否认它的存在，我甚至不能告诉腾达伊或者你的妈妈。而你到来之后，我竭尽全力使你们俩分开，这样预言就不会实现了。"

"外祖母，杰米是我最好的朋友。"玛汀坦白道。

"我不会问你们俩是怎么变得如此亲密的。"外祖母淡淡地说，"我想这解释了为何这些天你的衣服总是沾满污泥和奇怪的杂草，

以及为何你总是在去学校的路上哈欠连连。"

"对不起，"玛汀说，"我以为你不会理解的。而现在由于我的过错，杰米被偷走了，我得想办法尽力找到它。外祖母，你觉得你能帮上我吗？"

"不能，"格温·托马斯说，"但是我知道有人可以帮你。"

21. 格蕾丝的巫术

这幢浅绿色的房子看起来跟玛汀记忆中的一模一样。那块生锈的可口可乐牌子倚在墙上，草地更加贫瘠了，母鸡们依旧在阳光下的门廊里充满希望地刨着地。正值四月中旬，玛汀难以相信自她在开普敦机场下飞机以来，才过去了不到三个月，感觉上却像是过去了一辈子。她想起第一天格蕾丝说的话："这天赋可以是福佑，也可以是诅咒，你要作出明智的决定。"玛汀的胃再次感到不适，她的决定也许牺牲了杰米的生命。

一个小男孩出现在前门。"我想跟那个疯老妇人说句话。"格温·托马斯说，"她在家吗？"

"你说谁是疯子？"格蕾丝突然出现在男孩后面，用喉音说道。玛汀难以置信地发现她看上去变胖了。"在这一带只有一个疯老妇人，那就是格温·托马斯。"她伸出一只巨大的手掌，轻抚着玛汀的头发，就好像刚见到她一样。"这孩子看上去很需要吃点格蕾丝做的美食，你都给她喂什么了？"

"我们不是来这儿受你侮辱的，"玛汀的外祖母一本正经地说，"我们需要你的帮助。"

"啊，"格蕾丝说着，双手叉在腰上，"我听着呢。"

"听着，格蕾丝，我知道我们之前意见不同。"格温·托马斯说，"如果你再也不想跟我说话，我也不怪你。但是如果你还有一丁点儿在乎我，你就该帮帮玛汀。她失去了她心爱的东西，而你可能是这世上唯一能帮她拿回来的人。"

格蕾丝笑了，露出一大堆牙肉和所剩无几的几颗牙齿。"老女人，"她说，"为什么你不早说呢？"

省去了客套，格蕾丝转身走回房子里。玛汀和外祖母跟在她那嗖嗖作响的长裙后面。那条裙子混合着靛蓝、阳光黄和焦蜜色，印着非洲图案，看上去令人眼花缭乱。她领着她们来到客厅，那儿闻起来有股熟悉的味道，混合着锯木屑、玉米餐和烧旺的灶火的味道。那本过期的岛屿挂历还在墙上，相同的草垫子也还在地上。柚木做的桌子上多了一个插满了孔雀羽毛的花瓶。

格蕾丝进了厨房，出来时手里端着两盘热气腾腾的玉米粥，里面加了黄油牛奶、肉桂和蔗糖。玛汀恶心反胃，没有任何食欲，但是格蕾丝干脆地制止了她的厌食："你瘦得皮包骨头了。"

之后，玛汀很庆幸她吃了这顿饭。这盘粥美味极了，仿佛熔岩注入了她的静脉，温暖了她的骨骼，也清醒了她的头脑。用完餐，玛汀告诉格蕾丝，杰米出事了，然后尽可能地把自己知道的关于偷猎者追捕的细节都告诉了她。

"有个问题，孩子。"等她说完以后，格蕾丝说，"你有没有看见任何一个猎人的脸？"

玛汀艰难地看了一眼她的外祖母。

"说下去。"格温·托马斯敦促道。

"我并没有看见他们中任何一个人的脸，但我认为萨沃博纳的某个人可能参与其中。我觉得有可能是……"玛汀支吾着，她不想再次惹外祖母生气。

"可能是亚历克斯。"她最终说了出来。

"不！"她的外祖母叫起来，"你外祖父用生命信赖着亚历克斯，我不允许你这么说。"

"够了！"格蕾丝命令道，"这孩子都说了。现在我们必须倾听事实。"

格蕾丝撑起身子从椅子上站起来，拉上窗帘。房间陷入了黑暗之中。她把一根蜡烛放在桌子上，咕哝着在草垫子上坐下，她那宽大的脸庞和深陷的双眼闪着怪异的光芒。她从上衣里掏出一个小小的皮袋子，将袋子里的东西掏空放在面前的地板上。玛汀能看出来，袋子里装的是一堆小骨头、一份箭猪的刚毛、一片珍珠鸡的羽毛和几根大象的毛发。格蕾丝闭上她的双眼，开始唱诵。

几分钟内，什么都没有发生。之后，从格蕾丝的胸腔里发出一下下低沉而有节奏的重击声，就像是遥远的鼓声。玛汀惊讶地睁大了眼睛，只见一缕细细的螺旋形蓝烟从地上的这些物件中升起。这缕烟平铺开来。烟幕之中，模糊的图像纷乱地一闪而过，速度之快令玛汀来不及领会。其中有群山、缠着腰带和头巾的男人、大群的动物和血腥的战争，而当她觉得自己看到了一只长颈鹿时，未及确认，图像就消失了。

格蕾丝翻着白眼。"水，"她呻吟着，"我看到蓝色的，蓝色的水和驶向天空的船只。这些人正去往远方，他们渴求着获取那种能量。那只白色长颈鹿也在那儿，但待不了多久了。我看到了好多痛苦，好多痛苦，好多痛苦……"

"好了！"格温·托马斯喊道。

蓝烟消失了，格蕾丝的眼珠子翻了回来。她浑身颤抖，抬头看向玛汀。

"现在就走，孩子。过一会儿就晚了。"

"但是去哪儿呢？"玛汀叫道，"他们把它带去哪儿了？"

"驶向天空的船只只能说明一个地方——开普敦的海港。"外祖母插话道，"快，玛汀。我想他们是要把它运到国外去。"

22. 闯进船坞

她们驱车前往开普敦。也许那天以前，格温·托马斯也曾将车开得这么快过，但玛汀表示严重怀疑。结果是，这辆老掉牙的红色达特桑的指针颤个不停，好像马上要从仪表盘玻璃里跳出来似的。

玛汀能看出她的外祖母非常焦急，但也很坚定。她答应只把玛汀送到码头，不再更远。"如果杰里迈亚不在那儿，我们就必须报警。"她坚决地说。这时，玛汀所有的反对都是徒劳。

奔赴大洋的这两个小时路程对玛汀而言几乎是一生中最漫长的时刻。每一个可能的障碍凑到一起都会耽误他们。比如，一个警方设置的路障、一次堵车、一满车要下巴士的老年人、三头自由自在漫步穿过马路的母牛。

与此同时，格蕾丝的预言不停地在玛汀的脑海里打转。"那只白色长颈鹿也在那儿，但待不了多久了。我看到好多痛苦，好多痛苦，好多痛苦……"

她们开在一条内陆的公路上，不久后又经过了葡萄酒庄园，那儿有着古朴的开普敦荷兰建筑和两边铺满薰衣草的车道。接着是一片棚户区贫民窟，让人想起腾达伊向玛汀描述过的索韦托：连绵几英里的生锈的铁皮和水渍斑斑的夹板棚户，身上爬满蠕虫的小狗和少年们狡猾而饥饿的双眼，孩子们在尘土里玩着铁丝玩具。想到腾达伊，玛汀就回忆起了他们一起在萨沃博纳度过的那一天。

　　格温·托马斯开进了高速路，沿着海岸公路一直向着海滨开去。令人却步的桌山的峭壁隐藏在厚厚的云层里面。当高高的灰色货船和举着集装箱的吊臂进入眼帘时，她减缓车速慢慢爬行。玛汀急躁得快要炸了，但她也知道她们必须找个地方将车子藏起来。一条

蔓草丛生的小路提供了藏身之处。她们颠簸着开过野草和乱石，停在一棵平顶的松树底下。格温·托马斯打开车门，准备从车里出来，玛汀用手按住了外祖母的袖子。

"外祖母，这是一件我必须一个人完成的事情。"

"我不这么认为，"格温·托马斯挖苦地说，"你才十一岁，这也不是我们的萨沃博纳。"

但是玛汀坚持她的立场："是我的错误导致杰米被偷。如果它受伤了，也将是我的错误。我必须是承担责任的那个人，我要尽力找到它。"

格温·托马斯回到车里，关上车门，脑海中进行着激烈的思想斗争：这一切都将通向怎样的结局呢？玛汀有一种感觉，外祖母在担心的不仅仅是长颈鹿会消失。

她将一只手放在玛汀的肩膀上："好吧，去吧，去寻找你珍爱的杰米。但是如果你四十五分钟之内还没有回来，我会报警，我不想冒任何险，失去一个孩子的感觉太糟糕了，我无法忍受再失去另一个。"

玛汀向前倾身，吻了一下她的脸颊，惊讶地发现她外祖母蓝色的眼睛里噙满了泪水。

"谢谢你所做的一切。"她说。

她跳下车，沿着小路往回跑向大路。海风像小刀一样刺进她薄薄的 T 恤，咸咸的空气刺痛了她的鼻孔。在小山脚下，一堵高高的缠满了铁丝网的围墙后面，坐落着这座船坞。船坞之外，是翻腾的大海，绿色的海水上覆盖着白色的浪花，船坞里则一片繁忙。她能听到狗叫声——警卫狗，也许。玛汀颤抖着躲在一棵树后面，等待着几辆车开过去，她开始后悔自己没有带夹克。玛汀将一只手放在格蕾丝在神秘谷给她的那个药囊上。在车里的时候，她的外祖母有问及这个药囊，但玛汀什么都不肯说，只是说这是一个朋友送的礼物，能给她带来好运，此刻她从中汲取了勇气。她也带了莫里森先生的瑞士军刀以防不测。如果她能找到杰米，她确定能够帮到它。

等到马路空了，她全速冲向大门，从木制的警卫室后面溜了进去。她本想要找个借口进去，但当她透过盐渍斑斑的窗户向里面窥视时，发现似乎没有这个必要。小屋里有两个保安。一个一边看着电视里的英式橄榄球赛，一边搅拌着一杯茶，他的椅子后腿摇摇晃晃，几乎要失去平衡。另一个则正对着他的无线电对讲机说话，背对着窗户，他正在跟谁争吵着："你叫谁白痴呢？完毕。"

随之而来的是对讲机里愤怒的音频爆裂声。

玛汀没有听下去，她从栅栏底下闪进去，跑向山一般连绵的蓝色、红色和灰色的集装箱。每跑一大步，她都准备着听到有人喝停她的叫喊声，但是似乎没有人注意到她，除了……

一阵咆哮使她的血液凝固了。她惊恐地停下了脚步，一只罗特韦尔犬挡住了她的去路。它正龇牙咧嘴，露出像鳄鱼一样野蛮而众多的牙齿。尽管冷风冰凉，玛汀还是开始冒汗了。她出自本能地将自己绿色的眼睛紧紧盯住罗特韦尔犬大大的黄色眼睛，将所有能量集中在眼神上，告诉它如果它敢阻止她去救杰米，她会送它去喂鲨鱼。然后她命令它趴下，让她过去。

令她惊讶的是，罗特韦尔犬瘫在地上，发出了可怜的哀号，用爪子捂住眼睛。要不是玛汀太害怕了，她可能会笑出来。她跨过它，轻轻地向前走去，直到抵达两个金属集装箱之间的缝隙处。穿过缝隙，她可以看到码头。海港里有三艘灰色的船，还有一艘蓝色和白色的拖船，码头上熙熙攘攘的满是工人。玛汀目测约有二十五个板条箱和几辆昂贵的轿车正在装载，没有长颈鹿的迹象。杰米剩下的时间不多了，而她不知从何入手。她甚至连怎么开始搜寻这三艘跟摩天大楼一样巨型的船都不知道。她在想什么呢？为什么她不像外祖母建议的那样直接报警呢？为什么她每次都要用困难的方法去解决问题呢？为什么她总是这么固执？

突然，有人在背后一把抓住了她。"放开我。"她叫起来，像一头受伤的疣猪那样死命抵抗和尖叫。"砰"的一声，她和攻击她的人重重地摔倒在地上。玛汀趴在地上，呻吟着，喘不过气，动弹不得。

"我以非法侵占私有财产的名义逮捕你。"一个清脆年轻的声音说道，"你有权保持沉默……"

玛汀翻过身来，依旧喘着粗气。

"是你！"她大叫。

一双狮子般的双眼平静地凝视着她。"你好，玛汀。"本露齿而笑。

23. 杰米，振作起来！

玛汀爬了起来，无视本向她伸出来的那只手。

"你本可以更加温柔一点。"她生气地说。

"我道歉。"本说，他看上去像是强忍着不笑出来。"直到我们快摔到地上时，我才认出你来。但是你是非法入侵了，你知道的。"

"那你呢？"玛汀控诉，"这不正是你在做的事情吗？"

"我的父亲是个水手。"本指向其中一艘高高的灰色大船，"那是他的船，在那儿——'奥罗拉号'。我拥有来这里的许可。"

玛汀叹了口气，她能看出来，她别无选择，只能将杰米的事告诉本，祈求他不会阻止她。她尽可能简短而快速地解释了她是如何背叛了这只白色长颈鹿，解释了偷猎者的罪行以及格蕾丝的预言。她也说了关于外祖母的事，她正停在松树后面等着她。最后，她告诉他，杰米对她来说是多么重要，而她多么希望能救它。

"求求你了，本，"她说，"请你不要阻拦我。"

本的脸色很严肃。"数年来，我的父亲一直担心他的船被用于走私珍稀动物到国外，但是他不想在确认以前通报当局。如果这只长颈鹿确实在船上，我想我们能找到它，但我们必须立刻行动。'奥罗拉号'在三十分钟后就要开往中东了。"

在玛汀还没来得及适应这个新的本之前——一个说话会微笑，与学校里那个内向的怪人相差十万八千里的本——他就迈着自信的步伐大步流星地穿过船坞，招手示意她跟上。他穿着磨破的牛仔裤、笨重的靴子和无袖的黑色 T 恤衫，他的手臂尽管瘦小，却结实强壮。玛汀奔跑着跟上他。

"你以为你在干吗呢？"她上气不接下气地问，"你真的以为我们能这样走上船，然后带着一只长颈鹿离开吗？"

"我们不能，你能。"他微笑着说，"相信我，有时候最显而易见的方式就是最好的方式。"

仿佛是为了证明他是对的，码头上爆发了一阵骚乱。一个板条箱在被吊上甲板的时候破了，货物滚落，四散在油腻腻的绿色海港里，它们看起来像是一张古董桌子和几把精抛光的椅子。人们咒骂着，挥舞着他们的拳头。两条警卫犬狂暴地冲到了拴住它们的链条的末端，本无视它们。他冷静地大步穿过船上的踏板，登上甲板，走进一道矮矮的门廊。玛汀紧紧地跟在他后面。

在甲板下面，是狭窄拥挤的走廊、厨房和千篇一律的次等客舱。他们沿着几英里长的灰色过道尽可能快地走着，然后下了两段螺旋形的楼梯，他们的脚步像教堂的钟声一样在铁板上敲出声响，最后他们来到了一间储藏室里。一个黝黑的男人弯腰弓背地趴在一台电脑面前。当本轻轻敲门的时候，他跳了起来，用一种外语叫喊着什么。

本给了他一个灿烂的微笑。"霍洛韦船长叫您到甲板上去，"本有礼貌地说，"我不确定是什么事情，但看上去很紧急。"

这个男人怀疑地盯着他，伸手去够他的无线电对讲机。

"我很确定是个紧急情况。"本又说了一遍。

这个男人小声抱怨着，抓起一些文书，急匆匆地沿着走廊跑开了。本等到他跑出视线，才一头冲进房间。

"玛汀，在这儿！"

他锁上他们身后的那扇门，打开一个档案柜。柜子里的铜钩上挂着几百把钥匙。

他开始有条不紊地从中分类筛选，将它们放在地板上。玛汀看了看她的手表，正午刚过，这艘船会在二十分钟后开出。她不敢去想象，如果到那时候他们还没找到杰米，会是什么后果。

敲门声响了，本将他的手指放在嘴唇上。敲门声变成了捶门声。玛汀紧张得惊慌失措，本则保持着平静。他一丝不苟地检查着每一把钥匙，仿佛胸有成竹地拥有几小时的备用时间。他看起来毫不担忧自己正在参与一次非法的动物营救，也不担忧那个愤怒的俄国佬此刻正在用听起来像是灭火器一样的东西攻击那扇门。撞击声停止了，铁板上回响着跑开的脚步声。

"请快一点儿！"玛汀惊恐万分。

"找到了。"本说着，举起一串钥匙，"但我们没有多少时间了。"

他打开门，两个人飞速穿越过道，下了两段螺旋形楼梯。当几个油渍斑斑的轮机员从一扇侧门里突然出现的时候，他们迅速躲进一个清洁橱柜。这时，玛汀判断他们正处在这艘船的底部，空气里散发着油烟的恶臭。地板震动着，巨大的引擎发动起来，传来低低的刺耳轰鸣。

"你觉得我们能成功吗？"玛汀悄声问。

本没有回答。他们已经来到几条走廊的交叉口，本思考着该选择哪条路。

"哟！"一个雷声般的声音响起，"看看这里发生了什么呀？"

昏暗中走出来一个被太阳晒红的男人，他剪着一头整洁的灰发，面露凶光地向他们走来。

"下午好，先生。"本欢快地叫道。

这个男人改变了态度。"天哪，本，"他说，"我刚才没认出是你。"他看了看玛汀，皱了下眉头。"你们两个不应该出现在这里，你知道。这个区域是禁止入内的，而且我们十五分钟后就要开船了。"

"我很抱歉，先生。我正带着我的朋友玛汀四处参观这艘船，忘记了时间。我必须承认我有点儿迷路了。"

"这可不像你，本，"这个男人咯咯地笑了，"你几乎跟你父亲一样了解这艘船。如果你走这条过道去货物区，会找到一个升降电梯，直接能通往甲板。你总不想最后在迪拜下船吧，哈哈！"

本对他一再致谢，随后他们便跑下走廊。不一会儿，他们来到一扇大大的铁门跟前。那儿有一条红字标语警告员工：擅自入内，后果自负。并声明，对于因里面咬人、踢人或有毒的生物造成的身体伤害、心理创伤或死亡概不负责。

本将钥匙放在玛汀的手里。

"我只能到此为止了。如果我在这里被抓住，牺牲的可不只是我父亲的这份工作。当你出来的时候，乘这个升降电梯去三层，穿过踏板。当到达防波堤的时候向左看，你会看到一条通往山上的小路，一直通向两扇高高的大门。我向你担保它们会是开着的。"

玛汀犹豫着："还有一件事情，你可以试着给我外祖母带个口信吗？"

本点点头："我答应你。好运，现在你得靠自己了。"

玛汀试了五次才找到那把对的钥匙。突然间大船嘎吱作响，摇晃着、呻吟着，仿佛一头受伤的野兽。有那么一两次，玛汀觉得船在停泊处移动了。最后，门锁咔嗒一声开了，她使劲推开这扇重重的铁门，在那一天中她第一次感觉到充满希望。进门的时候，一根钉子钩住了她T恤的袖子，撕破了一个洞。她把衣服从钉子上扯了下来，来不及看一眼就跑起来。

大门咯吱作响地在她身后关上了。柴油、动物、粪肥以及海水的恶臭像一阵阵令人作呕的波浪向她袭来。她走到一个霓虹灯管闪烁的狭窄的集装箱地带。大量的板条箱和盒子在阴影里凌乱地堆叠成几排，其中很多都用防水油布盖着。玛汀跑向离她最近的几个箱子，朝里窥视。里面装着满满几玻璃箱在痛苦扭动的蛇，满满几笼子垂头丧气的鹦鹉，还有满满几箱低声哀鸣的猴子。也有许多行李箱打包着动物皮革、羚羊角、谷物和烈酒。还有一堆沮丧的绵羊蜷缩在一个对它们来说明显太小的板条箱里。这一排的最后一个集装箱里关着一只巨大的屁股是蓝色的雄狒狒。当她抬起盖子时，它突然冲向笼子的栅栏，露出黄黄的牙齿。玛汀几乎吓得灵魂出窍。

哪儿也没有长颈鹿的影子。

玛汀从未感到如此无助，她为这些动物感到心痛。它们中的大部分所得到的尊重比一船煤和米更少，就好像它们没有任何感觉和需求，就好像它们不会渴也不会饿，也不会感到疼痛。但是她知道现在没有可能将它们全部救出来。甚至，似乎连找到杰米的希望也越来越渺茫了。

她努力有条理地去思考。集装箱上都没有明显的标签，但这并不代表它们没有以某种方式做了记号，应该有能够鉴别它们的系统。她研究着离她最近的那些箱子，每一个箱门的右下角都草草书写着一个数字。她上臂的一阵刺痛使她想起来那根撕破了她衣袖的钉子。是有什么东西挂在钉子上摇来晃去，好像是一本笔记本？数秒后她就查到了：144 号箱，长颈鹿，C 通道。

她立即就看到了 144 号箱。如果她刚才更加清楚地思考，可能早就发现它了。那是一个涂着黑色油漆的集装箱，比其余箱子更高更宽。她冲向它，将柏油帆布拨到一边。杰米躺在箱底，两条腿以奇怪的角度摆放着。它那白色和银色的毛皮上伤痕累累，血迹斑斑，看上去像是死了。

"杰米！"玛汀抽泣着，"哦，杰米。看看我对你做了什么？"

杰米听到她的声音，抬起了它的头，它的眼神空洞而呆滞。

玛汀跪在集装箱旁边："杰米，求你别死，我很爱你。"

白色长颈鹿又扑通倒了下去，垂下了它的眼皮，气若游丝。玛汀抽开笼子的门闩，在它旁边跪了下来。她抚摸起它的脸和脖子，再次感到熟悉的刺痛感。

"求求你醒过来，杰米，求你了！"

没有回应。

玛汀闭上双眼，将她的双手放在白色长颈鹿的心口。他们相知相伴的回忆像电影一样不由自主地涌入她的脑海：第一次看到它的那个夜晚，它站在暴风雨中，在夜色里闪着光；那个难忘的时刻，它将头靠在她的肩膀上；她躺在它的背上，在陡崖之上凝望银河；他们一起在萨沃博纳的大象和狮子中间兴奋地飞奔。

就在这回忆的过程中，玛汀能感受到她的双手变得越来越烫。同时，一种纯净的感觉，就像爱，流过她的身体。

杰米浑身一阵剧烈的战栗，它奋起喘了一大口气，好像要召回几乎从它身上被夺走的生命。玛汀睁开眼的同时，它的眼睛也大大地张开，灵光又回到了他们之间。而在那一刻，玛汀知道它依然爱她，依然信任她。

玛汀把脸贴在它那天鹅绒般的肩膀上，给了它一个吻。她坐了起来，十指颤抖着，摸索着格蕾丝在洞穴相遇之夜赠予她的药囊，寻找其中的一个小瓶子。"用于止血或麻醉。"格蕾丝曾这么指导过。玛汀曾暗下决心绝不使用它。这小瓶药有着最为可怕的颜色和气味——介于剁碎的青蛙和球芽甘蓝之间的一种味道——令她作呕。这能起到什么作用，但此刻她没有什么选择。她知道自己有疗伤的能力，但她不确定这份天赋能做到什么程度。她在救助捻角羚的事上已有经验，在特定情况下她还是需要传统草药的帮助。玛汀不知道杰米伤得有多重，不知道它还能不能走路，但她非常清楚若它不能飞奔起来，他们就没有逃出这艘船的机会。她拔掉瓶子里的软木塞，一只手捏住她的鼻子，另一只手将药物涂抹在它的伤口上。草药在敷上的那一刻立即发出了咝咝的声响。

船突然倾斜了，几乎甩飞了她。她举起手表对着光线看，离启航只有六分钟了。

玛汀急疯了，药物得花点时间才能起作用。她急躁地抚摸着白色长颈鹿。"杰米，"她说，"我们得走了。"似乎过了一个世纪之久，它笨拙地站了起来，摇摇晃晃。玛汀走向大门，当它有点蹒跚地跟过来时，她感恩地松了一口气。

当他们快要到达出口的时候，一道黑色和金色的光掠过玛汀的眼睛。小猎豹！玛汀很确定它们也是从萨沃博纳被偷出来的。甚至有可能腾达伊在陡崖上指给她看的那些足迹，就是这些幼兽留下的。但即使它们在这儿，她现在也没有办法帮助它们。它

们躺在笼子角落里缩成一团，明显是服了药。

玛汀最后痛苦地看了一眼这些幼崽，便引导杰米穿过铁门进入升降货梯。这个电梯的宽度和深度至少是普通电梯的三倍，但长颈鹿还是不得不弯下它的脖子，它惊恐地打着响鼻。玛汀按下三层的按钮，电梯开始上升。她意识到过去她从未想过，自己会有营救它的一天。如果她徒步逃跑，而长颈鹿绕着船坞惊恐癫狂地奔跑，毫无疑问会有人持枪追来，灾难就会随之而来，她必须骑上它。

杰米在哗啦作响、幽闭恐怖的电梯里颤抖着。但当她暗示它，想要骑上它时，它静静地站立着。玛汀踩在电梯扶手上，尽力避免碰到杰米脖子和肩膀上的伤口。就在电梯震动着停下来的时候，她爬上了它的脊背，还剩一分钟。门打开了，亚历克斯·杜普里兹正站在他们面前打着电话。

"最后，一切都比我们想的容易多了。"他说，"就像从婴儿手里抢走糖果一样。"

他看到玛汀和杰米的同时，他们也正好看到他。亚历克斯的脸色瞬间变成了圣诞节冰冻火鸡的颜色。他扔下电话，转过身来。"把吊桥升起来！"他吼道，"拦住他们！！！"

"跑，杰米！"玛汀尖叫，而这只白色长颈鹿早已飞奔了起来。它扫过甲板，经过亚历克斯的时候用蹄子踹了他一脚。亚历克斯像是一只被棍棒打倒的海豹一样倒下了。巨大刺耳的噪音响了起来，吊桥开始升起。在防波堤上，人们呼叫着，指点着，从四面八方匆匆地穿过船坞。大船开始移动，玛汀的心快要跳出胸口了，但是杰米毫不犹豫。它在吊桥升起的时候飞奔了上去，纵身一跃。玛汀向下看去，在他们下面什么都没有，除了一片汪洋。

24. 新的挑战

当玛汀和杰米坠落在防波堤上的时候，她注意到的第一样东西是警车。它们闪着警灯，鸣着警笛，纷纷涌进船坞的大门。她看到的第二样东西是通向小山的路。

"往那边走。"她大叫。

杰米落地的时候跟跄了一下，又为了避开那些警卫犬而疾速转向，玛汀差点跌了下来。此刻，她紧贴着它的鬃毛，双腿夹紧。而它稳住身体，奔上斜坡，冲向铁门。

铁门开着，正像本承诺的那样。在他们飞驰而过的时候，玛汀瞥到了站在墙后面的本。他咧着嘴，脸上露出了激动的笑容，挥舞着手臂。

玛汀举起手，报以微笑。"谢谢你，本，"她喊道，"我永远不会忘记。"

当他们离开船坞时，玛汀突然想到，她并不知道去萨沃博纳的路。她也从没有思考过如何骑着一只野生动物穿越开普敦这样复杂的问题。不过不必担心，杰米由代代相传的本能引导着，跟着太阳准确无误地奔跑在回家的路上，它从不踌躇。它避开了城市，避开了喧嚣的车辆和拥挤的海滩，跳过一条溪流，不停地奔跑，仿佛它的生命全部维系在此。从某种角度而言，确实如此。

在第一个英里的路程里，玛汀完全做好了看到警车从地平线上呼啸而来的准备，但警车并没有追来。没有任何东西阻拦长颈鹿稳健的步伐。只在经过一条湍急的河流时，杰米停下来喝了口水，其他时候，杰米都不知疲倦地奔跑着，每当遇到栅栏便一跃而过。不知格蕾丝在这难闻的药剂里放了什么，它起到了奇迹般的效用。

他们在内陆穿行，远离郊区和风雨大作的海岸。有些时候，除了焦土一片的灰色沙漠，什么风景都没有。鸵鸟们昂首阔步、扬扬自得地穿过沙漠中的矮树。而另一些时候，低矮的山冈之间现出铺满野花的山谷，现出漫山遍野的紫色帝王花和石楠丛生的灌木丛，还有金黄的麦田。他们轻快地穿行着，如此安静，几乎没有人看见他们经过。而那些看见的人，要么在头晕眼花中晃晃脑袋，要么只

是摇了摇头，就继续做手头的事情，说服自己是被眼睛欺骗了。

当他们到达风暴十字路口的外围地带时，杰米才慢下来行走。太阳还在照耀着，蒙蒙细雨却已下了起来。玛汀从腾达伊那儿得

知，非洲人把这样阵雨绵绵的美丽午后叫作"猴子的婚礼"。在他们前方，玛汀看到一群人围在一起。当他们靠近时，人们就从房子里和商店里出来，指着他们，鼓着掌。有那么一两次，玛汀觉得自己听到了欢呼声。她想要说服杰米走另外一条路，它却沿着主街走下去了。从前面的烘焙店开始，男人们、女人们、孩子们沿路排了厚厚的三层。从高高的位置上看过去，玛汀能从各个方向望到几百码以外，但没有看到任何节日或者游行的迹象。当一群小孩子开始唱诵她的名字时，她才意识到所有这一切都是因为她和杰米，但玛汀几乎没法理解。

他们路过停在邮局外面的一辆警车时，发现亚历克斯坐在后座怒目而视，双手戴着手铐。他在玛汀经过时，向她投去了恶毒的一瞥。一个衣着光鲜的黑人正被两名巡警从市长办公室里带出来。他一边走一边申冤，说自己是清白的。玛汀认出来，他曾在报纸上出现过，是科萨·华盛顿的父亲。在这辆警车后面，停着腾达伊的吉普车，一阵愤怒的鸣叫声从里面传来，是那些小豹崽！玛汀想着，几乎要欣喜得落泪。

吉普车的车门打开了，腾达伊喜气洋洋地钻了出来，带着满身抓痕。当他看到白色长颈鹿和玛汀过来时，他摘下帽子，惊喜地凝视着他们。"白色长颈鹿，"他说，"那么多回，我祈祷着……希望着……小家伙，它真是上帝的杰作，就像是一匹星星做的马。"

玛汀对他低头微笑，热泪盈眶。现在唯一缺席的是她的外祖母。

腾达伊仿佛看透了她的心思，说道："你的外祖母正在萨沃博纳等你，小家伙。她知道你的朋友会将你安全地载回家。"

　　玛汀谢过他，腾达伊又开门上车去安抚那些豹崽。之后，他告诉玛汀，整整一年来他都

在怀疑亚历克斯从萨沃博纳盗窃动物，但从来没能进一步证实这个怀疑。

"我只是不愿去相信这个事实。"他向玛汀吐露。

在亚历克斯被捕后，侦探们发现他是偷猎行动的策划者。这场大规模的偷猎行动持续了将近三年时间。在这期间，亚历克斯和他的同伙——其中一个是科萨的父亲，那个市长，由他来签发出口许可证——将数以百计的动物，其中很多都是珍稀动物，卖给了世界各地的藏家，最可恶的一个是中东靠石油发迹的阿拉伯酋长。他购买这些动物，放在私人的狩猎园里。在那里，动物们被猎杀，被做成各种风味的大餐吃掉，或者被制成标本，它们的头和皮毛被拿来装饰酋长的房间。亚历克斯在萨沃博纳抓获的，是一帮他巴不得早日除掉的竞争对手，他当然不是为了保护动物才那么做的。

接受审讯的时候，亚历克斯坚称玛汀的外祖父在萨沃博纳的死亡是一场意外，声称亨利在与匪徒中的一员搏斗的时候，一支枪走了火。他坚持说，在跟其他人一起逃走之前，他已经竭尽全力去包扎亨利的伤口。他也说，他接下萨沃博纳这份工作是一次"拨乱反正"的尝试。玛汀听到这句话时狂笑起来。

然而，等一切水落石出还需要一段时间。而此时，玛汀清楚的是杰米和那些豹崽都很安全。她笑得太久了，脸颊都笑疼了。当她看到范希尔登双胞胎红着脸躲进小巷子，一副尴尬的样子时，她因此怀疑他们毫无疑问帮忙偷走了那只无声的口哨，她又开始大笑起来。

一天之内，风云变色啊，她心想。

当杰米拐进那条通向萨沃博纳的沙路时，已近日落时分。鸽子们在荆棘树上咕咕叫着，空气的味道闻起来像是玛汀在保护区的第一个晚上闻到的一样——炊火、野生动物、长满青草的泥土和树木的味道。褪色的天空中夹着缕缕金光，眼前有一道完美的彩虹。它弯弯地横在格温·托马斯的茅草房之上，尽头是猎物园区靠近水塘的地方，玛汀哽咽了。她和杰米共同经历了这么多，它是她最好的朋友，她忠诚的保护者。而她爱它，胜过这个星球上的任何其他东西，但它需要自由。再一次，她不得不放它走。

当玛汀到达房子边上的保护区大门时，她双手环绕着杰米的脖子，它俯身把她放回到地上。"再见，我美丽的朋友。"她说，"我会想念你的。"

杰米拒绝离开，它发出了动听的颤音，将鼻子抵在玛汀的胸口。她的手划过它那丝绸般的鬃毛和肉桂色的斑纹。"如果你需要我，我会一直在这里，我保证。"她温柔地说，"但是现在你需要休息，你得回家，回到神秘谷去。"

玛汀一路望着白色长颈鹿奔跑着离去，消失在保护区里。它会回来的，她很确定。她继续向茅草房走去，她的外祖母正等在那里。

她走向大门，看到了格蕾丝。这位巫医坐在一棵树桩上，穿着她那条靛蓝、太阳黄和焦蜜色的连衣裙，戴着一条相配的头巾。她微微一笑，露出粉红色的牙床，张开双臂将玛汀揽入她巨大的怀抱里，紧紧拥抱着她。"你干得很好，孩子。祖先们为你感到非常骄傲。"她说。

最后一朵乌云从玛汀的心头升起。"谢谢你，格蕾丝，"她从她怀里挣脱出来，喘着气，"但我还是感到惭愧，我让所有人都失望了。杰米这么信任我，而我却做出了这样的蠢事。"

"我们都会犯错，孩子，这就是人啊！但不是每个人都有勇气承认他们的所作所为，走出去面对世界，努力弥补过错，你非常勇敢。正如我告诉你的，这份天赋可以是福佑，也可以成为诅咒。而在说了和做了所有的这一切之后，你作出了明智的决定。"

"可是，格蕾丝，我肯定不会是因为这个原因而被选中的吧？"玛汀问道，"我是说，我知道我成功救下了杰米，但起先也是因为我的过错，它才会被偷走。"

"你说的没错，孩子。"格蕾丝回答，"你不是因为这个任务而被选中的。这只是一次考验而已，还会有很多很多的挑战到来。你会旅行到世界的尽头，在你完成使命之前，还有很多很多的冒险。

"这不是结束，你知道吗？这仅仅是开始。"

后记

在伦敦一个狂风呼啸的冬日，《白色长颈鹿》的构想毫无来由地找上了我。我正沿着街道散步，突然间一个女孩骑在长颈鹿上的画面蹿入我的脑海。事实上，当我还是一个孩子的时候，有过一只宠物长颈鹿。后来我想：骑在长颈鹿上不就是世上最酷的事情吗？就在那一刻，我的脑中浮现出了整个故事，甚至人物的名字。

回到家，我把它写了下来。我想，哪天我退休了，再将它修改修改。不久之后，我去了非洲，那段日子里我心中一直惦记着这个故事。等我回到伦敦，又忙于其他项目，但是我决定在每个星期六花上几个小时来写这个故事。于是，第一个星期六到来的时候，我写下了第一章节。它就是那样出现了，仿佛是在我眼前播放着的一部电影。自那以后，我便停不下笔来。

写这本书真是太有意思了。我在伦敦一个阴雨绵绵的冬天写作，而每个早晨我都会坐在电脑前，勾勒书中的画面：今天我该去哪里？可能几秒之内我就会同玛汀和腾达伊一起坐在陡崖上享受着篝火早餐，俯视着一群水牛，看太阳从非洲的丛林里升起。

于我而言，最棒的部分是重访童年的风景。我在玛汀的年纪时，生活在津巴布韦的一个农场里，它毗邻南非，是动物保护区的一部分。除了长颈鹿珍妮，我们还有两只鸵鸟、一只角马、一群黑斑羚和一群猴子。我有一个疯狂着迷于动物的家庭，因此除了成群的猫、狗和马，我们一直都在收养流浪的山羊，收留野生的孤儿，比如我们那两只疣猪，小猪佩奇小姐和培根小姐。

很长一段时间里，我都想成为一名兽医。我有一个"兽医包"，装满了注射器和绷带，用来包扎受伤的小鸟、羚羊，或者一些被抬到家里来的动物。我的父亲在农场做了大量非紧急的动物治疗工作，所以我在他那儿学到了很多。十七岁时，我有了第一份工作——兽医护理。这些经验为我写作玛汀的治疗天赋提供了很大的帮助。

我痴迷于丛林生存技能，花了大量的时间独自一人待在动物保护区里，因而总是冒着被毒蛇咬，被鸵鸟追，甚至被我家边上的河里的哪条鳄鱼吞掉的危险。如此一来，我总是在学习生存技巧。书中有一个场景是玛汀用兵蚁来缝合伤口，那正是我曾亲身尝试过的，尽管我用的是树叶而不是活着的生物。它派上用场了！

我把故事的场景设置在南非的开普敦，而不是津巴布韦，因为我想撷取这两处世界最美的风景——开普敦的瑰丽景色，它的海洋、群山和葡萄园，以及津巴布韦的大草原。在南非，真正的大草原远在我所设定之地的更北边。玛汀生活的风暴十字路口是一个虚构的小镇，离开普敦约两小时的车程。而萨沃博纳是一处既有大草原，又有凡波斯的地方——凡波斯是开普敦独有的植物王国。

格蕾丝和腾达伊是我所认识的非洲人的综合体。我有时会觉得，如果一个人对于非洲的所有经验仅来源于他们在新闻上的所见所闻，那么他们将这片大陆视作疾病、饥荒与冲突肆虐之地也是情有可原的。确实，非洲的大部分区域都在遭受着那些不幸，但其中也有一些地方有着令人窒息的美景，罕见奇异的野生动物，还有像腾达伊和格蕾丝这样的，美丽、怀才而又善良的人。

在非洲文化中，祖母的智慧极受珍视。许多传统治疗师——巫医——都是女性，培训一个巫医得花上七年之久的时间。一个好的巫医——格蕾丝是最好的巫医之一 ——要掌握占卜的技术、身心疾病的治疗法和动植物的用药技巧，要精通仪式、赞美诗和颂歌，以及灵魂的提升。尽管格蕾丝的母亲是祖鲁人，她父亲的祖先却是加勒比人。所以从某种意义上说，格蕾丝是非裔加勒比人，并不是纯正的南非人。

人们常常问我，玛汀与我是否相像。我立即回答我们并不像，虽然她与我确实有一个共同之处，那就是对于拯救动物的热情。很多人觉得宠物是我们的朋友，这对于我来说是千真万确的。当我跟玛汀一样大的时候，我经常感到孤独，也不像其他人一样酷，虽然也有很多朋友，但是与我关系最特别的童年伙伴要数我的马——晨星。《白色长颈鹿》是写给所有与动物全心相爱并理解这番感受的人们的。

我希望《白色长颈鹿》是一本阅读起来如我写作它时一样令人享受的书。如果它使哪怕一个人产生帮助野生动物的念头，或者想要造访和更多地了解非洲，都将令我无比快乐。

劳伦娟

2006 年写于伦敦

THE WHITE GIRAFFE

First published in Great Britain in 2006 by Orion Children's Books.

Paperback edition first published 2007 by Orion Children's Books. This edition published in 2016 by Hodder and Stoughton.

Text copyright © Lauren St. John 2006.

Simplified Chinese translation © 2017 Zhejiang Photographic Press.

浙江省版权局
著作权合同登记章
图字：11-2016-450 号

责任编辑：裘禾峰
装帧设计：巢倩慧
责任校对：高余朵
责任印制：汪立峰

图书在版编目（CIP）数据

玛汀的非洲奇幻之旅 ：影像青少版．1，白色长颈鹿 /（英）劳伦娟（Lauren St. John）著；蒋斐然译 . -- 杭州 ：浙江摄影出版社，2017.1
（世界新经典动物小说馆）
ISBN 978-7-5514-1630-6

Ⅰ．①玛… Ⅱ．①劳… ②蒋… Ⅲ．①儿童小说－长篇小说－英国－现代 Ⅳ．① I581.84
中国版本图书馆 CIP 数据核字（2016）第 294361 号

世界新经典动物小说馆
玛汀的非洲奇幻之旅 1：

白色长颈鹿（影像青少版）

[英] 劳伦娟　著　蒋斐然　译

全国百佳图书出版单位
浙江摄影出版社出版发行
地址：杭州市体育场路 347 号
邮编：310006
网址：www.photo.zjcb.com
电话：0571-85170614
经销：全国新华书店
制版：杭州林智广告有限公司
印刷：浙江兴发印务有限公司
开本：710mm×1000mm　1/16
印张：12
2017 年 1 月第 1 版　　2017 年 1 月第 1 次印刷
ISBN 978-7-5514-1630-6
定价：26.00 元